KB220757

조국과 민족을 위해 모든 것을 바친

애국지사들의 이야기·9

- The story of Korean patriots

애국지사 기념 사업회 (애나다)

Canadian Association for Honouring Korean Patriots

부제: 한국 독립을 위해 희생한 외국인들 (선교사 포함)

새로운 세상의 숲

신세림출판사

조국과 민족을 위해 모든 것을 바친

애국지사들의 이야기·9

- The story of Korean patriots

부제: 한국 독립을 위해 희생한 외국인들 (선교사 포함)

『애국지사들의 이야기·9』를 펴내며

김 정만
애국지사기념사업회(캐나다) 회장

애국지사기념사업회(캐나다)는 광복 80주년을 맞아 2025년 『애국지사들의 이야기』 제 9권을 발행하게 되었다. 제 9권에는 지금까지 알려지지 않았던 한국 애국지사들의 소개 뿐만 아니라, 이 소개의 패턴에 약간의 변화를 주어 '한국 독립을 위해 희생한 외국인들 (선교사 포함)'이라는 부제를 달았다. 한국 독립을 위해 기여한 외국인 애국지사들 중에는 기독교 선교사들이 많았으며 이 책자가 캐나다에서 편집되는 점을 감안, 캐나다에서 파견된 선교사들에게 더 많은 지면을 할애했다.

애국지사기념사업회(캐나다) (이하 사업회라 칭함)는 2010년 3월15일 창립된 이래 교포들의 애국심을 고양하기 위한 노력을 경주해 왔다. 이의 일환으로 2014년부터 '애국지사들의 이야기' 시리즈 제 1권을 발간한 이래 금년에 제 9권을 펴내게 되었다. 지금까지 이를 통해 소개된 애국지사만도 90여 분에 이른다. 이 시리즈 출판을 중단없이 발간하게 되었던 근간은 교포들의 성원, 사업회 임원들의 희생, 유력 필진등의 협조가 있었음을 부인할 수 없다. 그 중에서도 지난 8권까지 발간하느라 무진 애를 쓴 전임회장 고 김대억 목사를 잊을 수 없다. 그는 지난 2024년 11월 3일 83세의 일기로 세상을 하직했다. 고 김회장은 유고 직전까지도 그동안 지병을 앓아왔음에도 사업회에 누를 끼칠까 이 사실을 알리지 않고 묵묵히 과업을 수행해 왔다. 김 회장의 유고로 한때 사업회는 9권 출판이 불투명한 상황에 놓였으나 사업회는 합심하여 이러한 난관을 슬기롭게 극복하고 드디어 제 9권을 발행하게 된 것이다.

이번에 축사를 써 주신 김 영재 토론토 총영사, 김 정희 토론토 한인회장, 조 준상 사업회 자문위원들께 감사를 드린다. 이분들은 당 사업회의 발전을 위해 물심양면으로 꾸준히 지원해 오신 분들이다.

이번 호에도 특별기획으로 이 윤옥 박사의 글을 실었다. 이 박사는 지난 4호부터 8호까지에 걸쳐서 특별기고를 했다. 그녀는 현재 한일문화 연구소 소장으로 봉직하고 있다. 한국 외국어대학교에서 박사학위를 받았으며 일본 와세다 대학에서 일본에 관한 연구를 한 일본지역 전문가다. 그녀는 비록 우리나라가 일제 강점기에 있었지만, 역발상으로 그 시기에 일본인으로서 한국의 독립을 위해 희생한 일본 인권변호사 후세 다쓰지 지사와 박열 지사의 일본인 부인인 가네코 후미코 지사를 소개했다.

내한 캐나다선교사 전시관(Vision Fellowship)의 황 환영 대표께서 한평생을 한국인들을 위해 살며 일제에 항거했던 캐나다 선교사 던칸 맥레(Duncan M. MacRae)에 관하여, 삼육대학교 명 지원 교수가 노벨 문학상 수상자인 펄 벅(Pearl S. Buck)의 삶과 그 위대한 유산에 대하여 기술했다, 펄 벅이 그의 문학 작품 세계를 통하여 국제사회에서 약소국으로서 억압받는 한국인의 독립이 유일한 과제임을 알리게 된 과정을 소상히 연구하여 발표했다.

토론토 한인 감리교회 석 동기 목사가 내한 캐나다 선교사인 사애리시에 관해 조명했다. 사애리시 선교사는 유 관순 열사의 양어머니로 불리며 충청도의 여성, 교육 사업과 선교에 영향을 끼친 인물이다.

또 의료 분야의 주 현측 애국지사 가족 및 후손 이야기를 소개했다. 전 경희대 의대 교수인 주 종필 박사가 그의 조부이신 주 현측 애국지사에 관해 기술했다. 그리고 당 사업회 손 정숙 이사가 주 현측 지사의 후손(아들)인 주 정균 박사에 대해 정리해 기술했다. 이는 상기에 언급한 애국지사 선정의 9권의 부제와는 어울리지 않는 것 같지만 지금까지 잘 알려지지 않은 애국지사를 소개한다는 우리 사업회의 전통적인 소명을 준수한다는 맥락에서 실었다.

책을 펴 내면서 기꺼이 필진에 합류한 당 사업회의 이사들께 감사드린다.

박 우삼 고문이 윌리엄 존 맥켄지(William John McKenzie)가 조선 선교활동과 독립을 위해 한 알의 밀알이 된 이야기, 백 경자 부회장이 조선독립을 도우며 한글 발전에 기여한 게일(James Scarth Gale) 선교사에 관하여, 박 정순 이사가 의료 선교에 앞장선 플로랑스 머레이(Florence Murray)에 대해 각각 기술했다. 또한 이 남수 이사가 독립운동을 도왔던 아치발드 바커(Archibald H. Barker)에 관해 재 조명했다. 아치발드 바커에 관해서는 이미 사업회가 발간한 책자 제 3호에 간략하게 소개되었었지만 이번에 좀 더 연구해 기고했다. 이로서 사업회는 그동안 제1권에서 9권을 통하여 캐나다인으로 한국정부로부터 훈장을 받은 총 6명의 애국지사(Stanley Martin, Frank Schofield, Frederick MacKenzie, Robert Grierson, Oliver R. Avison, Archibald H. Barker)를 모두 소개했다.

이번호 출판에 가장 많은 도움을 제공한 사업회의 재무이사인 김 경숙 님께 특별한 감사를 드린다. 그녀는 고 김대억 전회장의 부인이다.

김 이사는 고 김 전회장 사후에 사회적 경험이 부족한 필자에게 캐나다 토론토 사회의 한인 단체장 및 필진들을 직접 소개시켜 주고 출판관련 실무를 친절하게 인도해 주었다. 아울러 본 시리즈 1권부터 9권까지 편집과 출판을 맡아주신 신세림 출판사의 이 시환, 이 혜숙 대표, 엄 은미 과장께 심심한 감사를 드린다.

『애국지사들의 이야기』 9호 발간을 축하드립니다

김 영재
주 토론토(캐나다) 총영사

안녕하십니까. 『애국지사들의 이야기』 제9호 발간을 축하드립니다. 그간 책자 발간을 위해 헌신과 열정을 아끼지 않은 故 김 대억 목사님을 비롯하여 애국지사기념사업회 김 정만 회장님과 여러 관계자분들께 진심으로 감사의 마음을 전합니다.

금년에 어느덧 9번째 책을 출판하게 되었는데, 발간을 거듭할수록 널리 알려지지 않고 자료가 많이 남아 있지 않은 애국지사들을 발굴하여 소개하여야 하는 만큼, 이렇게 또 한 권의 책이 우리 앞에 나오는 것은 많은 분들이 시간과 열정을 쏟은 결과일 것입니다.

이번 책자에는 우리 민족의 독립투쟁 뒤에서 함께 싸워준 선교사와 외국인들을 집중 조명하였으며, 그들의 활동을 역사적으로 기록하고 예우하는 뜻이 들어가 있어 여느 때보다 의미가 크다고 하겠습니다.

지난 제2호 책자에서 캐나다 선교사 프랭크 스코필드 박사의 위대한 여정을 이미 확인한 바 있는데, 함께해 온 부인 앨리스 스코필드 여사의 묘지를 늦게나마 찾아 2024년 5월에 묘비를 세우게 된 것은 새로운 감동이었습니다. 이분들처럼 한국의 독립 투쟁에 동참한 많은 외국인들의 진정한 용기와 헌신은 시대와 지역을 넘어 오늘날까지 우리에게 큰 울림을 주고 있습니다.

　　그간 한국과 캐나다는 지리적 제약을 뛰어넘어 오랜 우방이자 혈맹으로 각별한 우호 관계를 계속 발전시켜 왔으며, 이는 일제강점기 시대의 선교사 파견과 한국전 참전 등을 통해 쌓아온 소중한 우정의 역사로부터 시작된 것입니다. 불확실성이 증대되고있는 국제정세속에서 우리 민족의 정체성을 고양시키며 한-캐나다 양국간의 협력관계를 더욱 공고히 하기 위해, 캐나다의 우리 동포사회가 훌륭한 가교 역할을 하는데 있어 이 책자가 유용한 지표가 될 것으로 믿습니다.

　　우리 민족의 자긍심과 정신적 유산이 애국지사들의 이야기를 통해 앞으로 계속 이어질 수 있도록 많은 사람들의 참여와 관심을 기대합니다. 다시 한번 『애국지사들의 이야기』 제9호 발간을 축하드립니다.

　　감사합니다.

『애국지사들의 이야기』 9호 출판을 맞이하여

김 정희
토론토(캐나다) 한인회장

애국지사기념사업회(캐나다)의 『애국지사들의 이야기』 제9호 출판을 축하하며, 이 책을 통해 우리 선열들의 희생과 애국 정신을 다시금 되새길 수 있음에 깊은 감사의 마음을 전합니다.

먼저, 그 동안 애국지사기념사업회(캐나다)를 이끌며 조국과 민족을 위해 헌신하셨던 고 김 대억 회장께 경의를 표하며, 그분의 숭고한 뜻을 이어받아 새로운 출발을 하게 된 김 정만 회장께도 축하와 응원의 인사를 전합니다.

애국지사기념사업회(캐나다)는 2014년부터 『애국지사들의 이야기』 시리즈 1권을 발행한 이래 2024년까지 제 8권을 발행했습니다. 이러한 활동은 우리 민족의 자랑스러운 독립운동의 역사를 기록하고 독립을 위해 헌신하신 선열들의 정신을 계승하는 중요한 역할을 담당해 왔습니다. 이번 제 9호에 특별히 캐나다 선교사를 중심으로 한국 독립을 위해 헌신하신 외국인들을 조명한 것 역시 그 뜻을 기리는 의미 있는 발자취가 될 것입니다.

　나라를 위해 헌신한 분들의 이야기가 단순한 역사의 한 페이지로 끝나는 것이 아니라, 오늘을 살아가는 우리에게는 교훈이 되고, 미래 우리의 후손들에게는 선조들이 어떻게 잃어버린 조국을 되찾기 위한 숭고한 희생을 했는지를 기억하고 나라사랑의 마음을 더욱 깊이 새길 수 있기를 바랍니다.

　이번 출판을 위해 애써 주신 집필진, 편집위원 그리고 관계자 여러분의 노고에 깊이 감사 드립니다. 집필에 수고하신 여러분의 협조와 헌신이 없었다면 우리의 역사는 쉽게 잊혀질 수도 있었을 것입니다.

　다시 한 번 『애국지사들의 이야기』 제 9호 발간을 축하 드리며, 이 책이 널리 읽혀져 우리 모두에게 큰 울림을 주기를 바랍니다. 감사합니다.

『애국지사들의 이야기』 9호 발간을 축하드립니다

조 준상
애국지사기념사업회(캐나다) 고문

애국지사기념사업회(캐나다)가 이번에 9 번째 『애국지사들의 이야기』를 펴낸 의미 는 아무리 칭송해도 지나치지 않을 것입니다.

비록 고국을 떠나와 이민자로 살고 있지만, 늘 조국을 그리 며, 그곳의 역사를 기억하기 위한 몸부림이 담겨 있기 때문입 니다.

어쩌면 일제시대 애국지사들의 이야기를 하는 것 자체가 아 픔입니다.

치욕의 역사를 되새기는 작업이기도 합니다.

그럼에도 과거의 부끄러운 역사를 외면하지 않고 기억하는 것은 개인과 사회, 나아가 국가의 발전에도 중요한 의미를 갖 습니다.

나라를 잃은 설움 속에서도 목숨을 바쳐 치열하게 살았던 선 조들의 이야기를 통해 우리는 현재와 미래를 살아갈 동력을 얻 기 때문입니다.

우리는 과거의 실수를 되풀이하지 않기 위해서라도 일제 식민지 시대를 끊임없이 돌아봐야 합니다.

그런 역사적 교훈을 통해 오늘날 대한민국을 더 부강한 나라로 만들고, 캐나다 한인 이민사회를 단결되고 또한 풍요롭게 만들어 나갈 수 있을 것입니다.

이번 『애국지사들의 이야기』 9호에서는 임시정부에서 내무부 참사를 지낸 독립운동가 주 현측 선생의 일대기가 소개됩니다.

특별히 캐나다 출신으로 독립에 기여했던 베델, 게일, 맥켄지 등 6분의 생애도 수록했습니다.

일본인으로서, 한국의 독립에 힘을 보탰던 사람들의 이야기까지 이번 책에 실었습니다.

애국지사들의 피와 땀, 눈물을 기억해야 합니다. 독립운동가들의 삶을 기억하는 것은 곧 그분들의 희생에 감사하는 가장 좋은 방법입니다.

『애국지사들의 이야기』 9호를 통해 캐나다에서 자라나는 한인 2세, 3세들의 정체성을 확립하고, 자긍심을 키우는 데도 도움이 되기를 기대합니다.

무엇보다, 아직도 식민지 불법 강점의 역사를 부정하는 일본 정부를 향한 따끔한 일침이 될 것입니다.

끝으로, 작년까지 애국지사기념사업회를 맡아 수고하셨던 고 김 대억 회장님의 노고를 기억하면 좋겠습니다. 그분의 헌신 덕분에 오늘날 애국지사기념사업회가 탄탄히 자리잡을 수 있었다고 감히 생각합니다.

 김 대억 회장님 별세 이후에도 큰 혼선 없이 사업회를 이끌어오신 김 정만 신임 회장님과 회장단의 노력에도 힘찬 박수를 보냅니다.

차례 애국지사들의 이야기·9

애국지사들의 이야기·9

차례

애국지사들의 이야기·9

윌리엄 존 맥켄지

윌리엄 존 맥켄지(William John Mckenzie) (1861.7.15~1895.6.23)
맥켄지는 캐나다 노바 스코시아 주 케이프 브레튼 섬에서 출생. 달 하우지 대학에서
문학을 전공하고 파인 힐 신학교를 졸업했다. 1893년 12월 12일 자비량 선교사로
조선에 와 황해도 장연군 송천리(일명 소래마을)로가 복음을 전했다. 재임 중 조선최
초의 자립 장로교회인 소래교회를 신축하고 조선 최초의 남녀공학인 김세학당을 세
웠다. 조선에 온 후 고작 559일 (약 1년6개월) 만에 그의 나이 34세도 채 못되어 열
사병으로 세상을 떠났다.

》》

자신의 의복과 유품을 가난한 사람들에게 나눠주고, 자신을 교회
부근에 묻어 달라

- 본문중에서

조선선교와 독립운동의 밀알이 된 윌리엄 존 맥켄지(William John McKenzie)

박 우삼 (고문)

　캐나다 기독교가 해외 선교 역사상 가장 영향력 있고 자랑스럽게 여기는 선교사 중의 한 사람이 조선에서 선교활동을 했던 윌리엄 존 맥켄지(William John McKenzie) 선교사다. 그가 1893년 12월 12일 조선에 도착하여 황해도 소래에서 선교활동을 시작한 때는 그의 나이 32세의 젊은이였다. 한국 선교의 큰 뜻을 안고 조선에 도착했지만 도착한 지 고작 559일(약 1년 6개월) 만에 그만 열사병으로 세상을 떠났다. 그의 나이 34세가 채 되지도 않은 아까운 나이였다. 그가 조선에 올 때 그는 캐나다 장로교회 소속 선교사였지만 교단에서 공식적으로 지원하는 파견 선교사가 아닌 독립 선교사 자격으로 왔다. 그는 조선에 오기전 캐나다에서 교단에 캐나다 장로교가 조선 선교를 위해 자신을 공식적으로 후원하는 파견선교사의 자격으로 파송해 줄 것을 요청했으나, 교단으로부터 재정이 부족하여 새로운 선교지역인 조선을 개척할 여력이 없다며 그의 공식 지원을 수락하지 않았다. 그러자 그는 친지들과 소속교단 개별

교회에서 헌금한 자금을 모아 1년 동안의 여비(당시 미화 8백 달러)를 들고 자비량 선교사로 조선에 온 것이다. 당시 조선백성들은 경제적으로는 모진 가난과 함께, 외부적으로는 청일전쟁등 외세의 침략과 개방 압력으로 일본군들에게 핍박을 받았으며, 내부적으로는 동학농민 운동으로 동학군들에게 이중으로 박해를 받는 혼란한 시기에 놓여 있었다. 이러한 어려운 시기에 윌리엄 존 맥켄지는 음식, 주거등 모든 면에서 조선인들과 같은 방식으로 생활하며(월 생활비 미화 7불) 선교하여 조선의 개화와 그 후 독립운동에 지대한 영향을 끼쳤다. 그는 비록 짧은 생을 마감하고 짧은 기간 조선에서 살았지만 그의 자주자립에 기반한 희생정신의 선교는 조선인 뿐만 아니라 캐나다인에게도 상당한 영향력을 행사했다. 선교를 통한 양국가의 교량역할도 담당했다. 그가 주도해 신축한 소래교회는 조선 최초의 자립 기독교 교회로 평가받고 있다. 또 조선 최초의 남녀 공학인 김세학당(後에 해서 제일학교)을 세워 개화와 민족교육에 힘썼다. 본인이 인도하여 새롭게 단장한 소래교회의 봉헌 예배마저 치르지 못하고 선교현장에서 사망한 윌리엄 존 맥켄지의 순교적 생애를 접한 캐나다 장로 교단은 조선에 대한 선교 방침을 획기적으로 변경하기로 결정했다. 즉 교단차원의 후원선교사를 조선에 파견하기로 한 것이다. 이를 계기로 공식적인 캐나다 장로교회 조선선교 시대가 본격적으로 시작되었다. 그의 밀알과 같은 선교 활동으로 그의 사후부터 1925년까지 캐나다 선교사 관련 한국 선교 상황은 선교부 6곳, 장로교 선교사 134명, 교회 310, 개척지 110곳, 목회자 23명, 교사와 전도사 500명, 선교부 산하 학생과 주일학교 학생 2만명, 교인 18,385명에 이르도록 부흥했다고 전해진다.(출처:유 영식저, 윌리엄 존 맥켄지의 삶과 선교). 그 후 그의 자립정신의 신앙을 물려받은 소래교회는 일제 강점기에 애국지사들의 기지역할을 충실히 담당했으며, 창립당시 초대장로였던 서 경조는 한국 장로교회 최초 7인 목회자의 한 사람이 되었고, 서 장로의 후손들(아들 서 병호, 손자 서 재현)은 알려진 애국지사로 독립운동에 투신했다. 또 김 마리아등의 애국지사들도 이 교회 출신임은 주지의 사실이다.

조선 선교의 시작

윌리엄 존 맥켄지는 1861년 7월 15일 캐나다 최동쪽 노바스코샤주 케이프 브레튼 섬에서 아버지 로버트 맥켄지와 어머니 플로라 맥레 사이에 6남매 중 세째로 태어났다. 맥켄지 가족의 조상은 영국 스코트랜드로부터 이민 온 독실한 기독교인이었다. 이런 기독교 가정에서 성장한 맥켄지는 할아버지 윌리엄의 영향력을 받아 유년시절부터 선교사로서의 꿈을 키워 나갔다. 나이에 비해 조숙하고 영리했던 맥켄지는 14세에 당시 공립학교 최고 수준의 학위인 BV자격증을 획득했다. 자격증 획득후 고향에서 13~19세까지의 학생들을 지도하는 교사를 역임했다. 1889년 핼리팍스 소재 달하우지 대학에서 문학사로 졸업했다. 대학졸업 후 목회자의 길을 걷기 위해 같은 지역의 파인 힐 신학교(Pine Hill Presbyterian Theological College)에 입학했다. 재학 중 이 학교의 학생 선교협회(Student Missionary Association)는 그를 핼리팩스 지역을 떠나 래브라도(Labrador) 북극지역으로 18개월동안 선교 파견한 적이 있다. 그는 선교여행을 가던 중 미국 선교잡지(Missionary Review of the World), 1884년 12월 호 성탄특집에 실린 '조선으로 건너와서 우리를 도우라'는 기사를 읽게 되었다. 이글은 그가 조선 선교사로 가게 된 계기가 되었다. 이 기사는 조선의 '이 수정'이란 인물이 보낸 편지로, 자기는 조선인으로 일본에 와서 성경을 번역하고 있으나 조선에는 선교사가 없어서 성경을 번역해도 전할 사람이 없다며 미국에서 선교사를 보내달라고 애절하게 호소하는 내용이었다. 이 기사가 젊은 신학도인 맥켄지의 마음을 사로 잡았다. 마치 성경에 바울사도가 2차 선교여행 중 마케도니아인의 환상을 보고 성령에 이끌리어 미지의 땅 유럽으로 건너 갈 때와 흡사한 기분이었을 것이다.(성경 사도행전 16장 6절~10절). 그는 또 선교기간 중 그리피스의 〈은둔의 나라, 조선(Corea, The Hermit Kingdom)〉이라는 책을 읽으면서 바울처럼 조선선교를 하겠다는 결심을 했다. 맥켄지는 마침내 선교의 손길이 닿지 않는 땅, 이방인들을 위한 해외 선교에 비전을 품게 되고 조선 선교의 꿈을 하나하나 실천해 나갔다. 흥미로운 일은 이 18개월의 래브라도 선교훈련 기간이 그가 조선에 머문 기간과 흡사하다는 것이다. 맥켄지는 이 여행을 마치고 다시 핼리팍스로 돌아와 파인 힐 신학교를 졸업했다. 신학교 재학 중 달하우지 의과대학에서 의학을 공부하고 빅토리아 종합병원에서 해외 선교에 필요한 의술을 연마했다. 이러한 준비를 마친 후 앞에서 기술한 여러 가지 우여 곡절을 겪은 후 마침내 1893년 12월 12일 제물포에 도착했다.

맥켄지 목사 캐나다 생가

거기서 그는 다시 서울로 이동하여 선교사들과 함께 조선말을 배우며 선교지를 탐색하던 중, 황해도 장연의 소래(松川 솔내)를 자신의 사역지로 정하고 1894년 2월 3일 소래에 도착하였다. 소래에서는 서 경조 일행이 맥켄지를 맞았다. 서 경조는 맥켄지를 보고 '하나님이 보내주신 사람'으로 알고 그를 맞이했다고 한다. 소래에서는 서 상륜, 서 경조를 중심으로 조선인들이 자생적으로 세운 교회가 있었지만 목회자는 아직 없었다. 그래서 맥켄지가 초대 목회자가 되었다. 맥켄지는 소래교회를 섬기며 조선사람들을 사귀면서 조선말을 배웠다. 그는 조선 사람과 같이 먹고 자며 한복을 입고 짚신을 신으며 밀짚모자를 쓰고 조선 사람들의 일터를 찾아 조선의 문화와 관습에 동화되기를 희망하며 우리 문화를 깊이 받아들이려고 노력하였다. 그렇게 현지인처럼 생활하다보니 이나 빈대, 벼룩 모기 같은 해충에 물려서 때로는 팔 다리가 퉁퉁 붓기도 했다.

그러면서도 조선 최초의 자생교회인 소래교회의 초대목사라는 자부심을 갖고 복음전도에 힘을 쏟았다. 그는 진정으로 조선인이 되어야 선교할 수 있다고 생각했다. 한번은 미국에서 온 언더우드 선교사가 찾아와서 그의 몰골을 보고 깜작 놀래며 "당신은 조선 사람이 아니야! 서양 사람은 조선 사람처럼 풍토병의 면역력이 없어서 고기를 먹어야 살 수 있어!"라고 충고하며 통조림 등 서양음식을 보내 주었다고 한다. 그러나 맥켄지는 "지금껏 잘 견디었는데 이제와서 서양음식을 먹게 되면 더 이상 조선음식을 먹을 수가 없다"고 생각하여, 그 음식을 주민들에게 나누어 주었다고 한다.

맥켄지가 조선에 온 지 얼마 되지 않은 1894년 2월 전봉준이 주도한 동학농민운동이 일어났다. 중앙정부가 농민들의 고충을 해결하기보다는 동학운동가들을 체포하고 박해했다. 이에 농민들은 동학군을 결성하여 반발했다. 맥켄지도 기독교를 서학이라며 적대시하는 동학군의 공격을 받았다. 그는 두 번이나 죽음의 위기를 넘겼다. 그러나 그는 동학군에게 인도주의

적 의술을 베풀었다. 오히려 동학군의 요새를 찾아가 부상 동
학군들을 치료해 주며 헌신적인 사랑을 베풀었다. 어떤 때는
거꾸로 동학 지도자들이 맥켄지에게 부상 동학군의 치료를 요
청하기도 했다. 동학군들은 맥켄지가 있는 소래교회는 하얀 천
에 붉은 십자가(旗)를 높이 달게 하고, 그 표식을 보는 모든 동
학군이 이를 침범하지 못하게 했다. 그래서 동학 봉기 동안 동
학군의 잔혹 행위로 고통받던 황해도 주민 들에게 소래 마을은
그 지역에서 유일한 피난처가 되었으며 소래교회의 신자라는
신분은 신변안전을 위한 보증수표나 다름이 없었다고 한다. 이
때 많은 동학군들이 기독교로 개종해 소래교회의 신자가 되었
으며 이를 통해 그는 동학(천도교)과 서학(기독교)간의 동맹을
촉진하는 중요한 역할을 담당했다.

　이즈음 소래교회는 1895년 7월 신축 예배당을 짓게 됐다. 신
축된 교회는 아홉자 높이에 여덟칸 짜리 기와로 새롭게 단장했
다. 건축의 도목수로는 김 윤방 집사가 맡았다. 그러자 미국 선
교사 언더우드를 위시한 많은 선교사들이 신축을 위해 건축 기
금을 후원금으로 모아 주겠다는 제안을 했다. 이때 맥켄지는
교회 담임 목사로서 교인들에게 그가 자비량 선교사로 조선에
왔듯이 소래교회 교인들이 서구 선교사의 도움 없이 자주자립
형 교회를 건축하도록 인도하여 교인들이 이 제안을 거절하고
자력으로 이 교회를 신축했다. 이를 섭섭히 여긴 선교사들이
할 수 있었던 일은 교회 마당에 밝힐 양등(석유램프)만으로 제

한되었다. 이와 관련 언더우드 선교사의 기록에 의하면 미국에서 석유램프 5개를 가져와 새 예배당에 선물했는데, 밤에도 그 불빛이 얼마나 밝았던지 온 동네가 대낮같이 밝았다고 전한다.

 앞에서 언급한대로, 소래교회는 맥켄지가 조선에 도착하기 10년전 1883년 5월 16일 서 상륜, 서 경조 형제가 황해도 장연군에 세운 교회 공동체이다. 그 후 이 교회는 맥켄지가 초대 담임 목사직을 맡으며 그의 자주 자립의 선교정신을 이어받아 단순한 기독교 교회로서의 선교적 역할을 넘어 지역사회를 선도하는 중요한 역할을 담당해 나갔다. 이 교회를 통하여 교육과 복음이 전파되자 무지했던 조선땅에 많은 부류의 사람들이 찾아와 개화되었다. 교인들 중에는 탐관오리에게 수탈 당하던 농민들이 예배에 참여하여 위로를 받았고, 이들을 규합하여 나라를 바로 잡겠다던 동학의 무리들도 있었다. 선교에 모범이었던 이 교회는 해외에서 새로 부임하는 선교사마다 이곳에서 일정기간 적응훈련도 하고 조선문화를 익히는 선교훈련 센터의 역할도 담당했다. 일제 강점기에는 소래교회가 민족의 계몽과 잃어버린 나라를 찾으려는 독립운동 지사들의 산실이 되었다. 소래교회 건축을 맡았던 도목수 김 윤방 집사의 딸, 김 마리아는 애국 부인회와 조선 여전도회를 이끌며 여성의 지위향상과 독립운동을 펼쳤다. 그녀는 해방을 1년 앞두고 고문 후유증으로 병사했다. 그가 숨지자 안 창호 선생은 "김 마리아 같은 여성동지가 열명만 있었던들 대한은 독립됐을 것이다."라 말했다. 그의 친척 김 필례 역시 수피아 여학교 교장과 정신 여학교의 교장을 지내며 김 활란과 더불어 YMCA를 만들어 독립운동의 선봉장이 되었다. 대한민국 임시정부 부 주석을 지냈으며 해방 후 귀국하여 입법위원 의장(국회의장)을 지낸 한국의 독립 운동가 김 규식 박사도 이 교회 출신이다.

서울여대의 고 황경 박사, 조선 최초의 신학 박사가 된 남 궁 혁, 서 경조 목사의 아들 서 병호 장로가 경신학교 교장을 지내며 조선의 근대화에 일익을 담당했으며, 서 목사의 손자 서 재현도 임시정부에서 활동했던 애국지사로서 해방 후 해군제독을 지내며 3대에 걸친 애국지사의 후손이 되었다. 소래교회는 교회사에서 토착교인들이 건축비 전액을 부담하여 세운 첫번째 교회였으며, 한국 최초의 장로교회라고 기록되어있다.

맥켄지는 교육을 통해 조선의 근대화와 기독교 전파를 동시에 이루려고 노력했다. 그는 가부장적 유교 사회구조를 개혁하고 여권신장을 강조했다.

이의 일환으로 그는 학교 설립과 교육 프로그램 개발에 큰 관심을 기울였다. 그는 소래에서 그의 유산으로 운영자금을 마련하여 1895년 2월 26일 '맥켄지 스쿨(McKenzie School)' 혹은 '김세학당'이라고 불리어진 조선최초 남녀공학 학교를 설립해 지리와 한국어, 수학, 한국사,성경, 주기도문 등을 가르치며 후학들을 양성했다. 조선이 근대화를 이루려면 한자 학습보다는 한글 교육의 중요성을 강조했다. 김세는 맥켄지의 한글이름이다. 맥켄지는 학교를 시작하기전 서적 구입 운동을 시작하고 소래에 마을 문고를 운영했다. 후에 이 학교는 '해서 제일학교'로 개명했다. 또 이즈음 소래교회에서 당시로서는 파격적으로 예배시 여신도도 처음으로 대중 기도를 인도할 수 있도록 했다.

한 알의 밀알이 된 맥켄지

황해도 소래에 묻힌 맥켄지 목사의 묘지

맥켄지는 조선 사람들과 함께 삶을 공유했다. 이, 벼룩, 모기 등 해충에 물려 고통받으면서도 전도하고 지역주민들의 삶의 질을 향상하는데 자신의 삶을 바쳤다. 그러다 그는 무더운 여름 뜨거운 햇볕에서 모진 열병에 걸려 견디지 못하고 쓰러졌고, 그가 손수 교회를 세운 지 얼마 되지 않는 1895년 7월 23일 주일 날 그의 짧은 생을 마감하였다. 한국에 온 지 채 2년도 안되는 해 끝내 낯선 이국에서의 그의 짧은 삶으로 마감한다.

그는 언제나 소래교회를 섬기고 소래사람들과 사귀고 청일전쟁 중에도 굳건히 교회를 지키다 떠났다.

맥켄지의 일기장에는 이런 글이 남겨져 있다. 소래교회 신자들에게 "자신의 의복과 유품을 가난한 사람들에게 나눠주고, 자신을 교회 부근에 묻어 달라."고 부탁했다. 그의 마지막 일기에서 "조금은 나은 듯 하기도 하다. 죽음이 아니기를 바란다. 내가 조선인들과 같은 방식으로 살았기 때문에 이렇게 되었다고 말하게 될 많은 사람을 위해서이다. 내가 조심하지 아니하였기 때문일 것이다. 낮에는 뜨거운 햇볕 아래서 전도하고 밤이면 공기가 추워질 때까지 앉아 있었기 때문인 것이다… 내 마음은 평안하고 예수님은 나의 유일한 희망이다. 하나님은 모든 것을 이루신다. 그러나 나의 몸은 고통이 너무 심해서 더는 글을 쓸 수가 없다."라고 썼다.

이처럼 캐나다의 풍요한 삶을 뒤로하고 오직 조선민의 굶주림과 개화와 복음전파를 위해 이 땅에 와서 헌신적인 충성, 하나님만을 신뢰하는 믿음으로 사명을 충실히 감당하다가 희생의 제물이 된 맥켄지의 소식이 조선을 넘어 캐나다에 전해졌다. 캐나다 장로교회는 하나님께서 조선에서 맥켄지의 삶을 통해서 선교의 문을 열어 주었음을 깨닫게 되었고 맥켄지 선교사가 캐나다 교단의 공식적인 도움 없이 큰 도시보다는 소래라는 벽촌을 택하여 자신의 생명을 내놓는 그의 순교자적 생애를 깊이 생각하게 되었다. 이어서 1895년 12월 26일 목회자를 잃고 고아가 된 소래교회의 교인대표 서 경조 장로는 캐나다 장로교회에 추가 선교사를 파견해 달라는 청원서를 송부했다. 마침내 캐나다 장로교에서는 "우리가 맥켄지를 지키지 못했다."고 후회하면서 공식적으로 조선에 선교사를 파송하기로 결의하였다. 그리하여 1898년 9월 4일 윌리엄 푸트 부부, 로버트 그리어슨 부부, 그리고 던칸 맥레가 부산항에 도착함으로서 캐나다 선교사의 본격적인 조선 선교의 시대가 시작됐다.

  그의 헌신적인 생애를 기술하면서 자꾸 생각나는 성경 귀절이 있다.

  "한알의 밀이 땅에 떨어져 죽지 아니하면 한 알 그대로 있고 죽으면 많은 열매를 맺느니라"(요한복음12:24). 한국에서는 1988년 9월 30일 양지 총신대캠퍼스에 윌리엄 존 맥켄지가 설립한 소래교회의 복제 건물을 세웠다.

[참고 문헌]

• Yoo, Young-sik, "The Impact of Canadian Missionaries in Korea".
• 윌리엄 존 맥켄지의 삶과 선교(엘리자베스 맥걸리 지음. 유 영식 옮김)
• 한국과 캐나다 나눈 역사(유 영식 편저)
• 윌리엄 J. 맥켄지의 편지 및 일기
• 성경
• 그림과 함께 보는 조선 교회사(양국주 편저)

제임스 스카스 게일

제임스 스카스 게일 선교사(1863~1937) : 한국명 기일

게일 선교사가 소천했을 때 그의 동료 레이놀즈는 그의 추모사에서 "고 기일 목사의 위대한 과거의 업적은 하나들로 논할 바 아니매 적은 지면으로 다 발표할 수 없다" 고 했다. 그가 척박한 조선땅에 와서 40년 동안 이룬 업적은 헤아릴 수 없다. 그는 어학천재였으며 특히 역사문화, 민속언어에 탁월한 한국학의 대가였다. 그는 "기이 하고 놀라운 사람 게일"이라 불리었다. 그의 위대한 업적은 무엇보다도 기독교 신앙 의 초석을 다진 것이 가장 위대하다고 기록되고 있다.

》》

고 기일 목사의 위대한 과거의 업적은 하나둘로 논할 바 아니매 적은 지면으로 다 발표할 수 없습니다

－ 본문중에서

조선인보다 조선을 더 사랑했던 파란 눈의 이방인
제임스 스카스 게일 선교사

백 경자 (부회장, 수필가)

여는 말

일제 강점기 조선(구한말 선교사들이 조선으로 갔기 때문에 한국이란 표현대신 조선이라 지칭함) 땅에 온 벽안의 선각자들 중 게일 선교사(기일, 한국명)를 쓰게 됨이 더한 기쁨이다.

1937년 1월 31일 제임스 게일(James Scarth Gale) 목사가 소천했을 때 그의 오랜 동료 레이놀즈(William D. Reynolds)는 그를 추모하며 이렇게 그의 사역을 높이 평가했다. "고 기일 목사의 위대한 과거의 업적은 하나둘로 논할 바 아니매 적은 지면으로 다 발표할 수 없습니다."라고 그의 죽음을 애도했다 한다. 캐나다 출신의 개신교 선교사이며 한국의 초기기독교역사에 초석을 이룬 인물이다. 그는 1888년에 한국에 도착해 한국어와 한국문화를 깊이 배우고 이해하며, 어학 천재였던 그는 자신의 뒤를 이을 후배 선교사를 위해서 1921년 우리나라 최초의 한영사전을 만들고 한영사전을 제작, 특히 역사문화, 민속언어에 탁월한 한국학의 대가였다.

그는 저술가, 번역가, 역사가이며 민속학자였고, 또 성경 번역가이며 목회자였다. 반면 한국시 및 문학 작품을 영어로 번역해 조선을 외국에 최초로 소개하였으며, 그의 주된 사역은 전도와 신·구약 성서를 한글로 번역하는 일에 40년이란 긴 시간을 조선땅에 바치고, 고국이 아닌 영국으로 가 그곳에서 잠든 사람이다. 게일은 한국인보다 먼저 한국어를 연구한 한국어학자이자 고전 번역가였으며, 서구가 아닌 한국시선에서 한국학을 개척한 학자라고 일컫는다.(이상현 부산대 인문한국 연구교수). 후에 그를 조선에서 가장 훌륭한 외국인 한글학자로 인정받은 선교사, 한글학 박사, 신학박사 학위가 수여된다. 그의 한국이름은 기일(Ki il)이라 불리었다.

출생과 선교사의 꿈

그는 백여 년 전 캐나다 교회들이 당시에 식민지인 조선에 보낸 선교사 200여 명 중의 한사람으로 아버지는 스코틀랜드 장로교 출신으로 캐나다로 이민온 농장 경영주이며 장로교회 장로였다. 그는 지역사회 설립에 열정적으로 봉사를 한 독실한 신자였으며 그의 어머니는 칼빈주의 전통이 강한 네덜란드계의 여성이었다. 게일은 이런 가정에서 6남매중 5째로 캐나다 온타리오 주 알마(Alma)에서 태어나서 어린시절을 보냈다. 그의 아버지가 농부였기에 그는 어린시절 농장에서 많은 시간을 보냈으며 엘로라(Elora)에서 초·중등 교육을 마친 후 토론토 대학에 입학하여 문학을 전공하였다.

1886년 그가 대학 재학중 매사추세츠 주 마운트 허몬 (Mount Hermon)에서 열린 미국 YMCA가 주체하는 제1회 학생 하령회에 참석했다가 이 집회의 주도자이며 시카고 지도 자 드와이트 라이먼 무디(D.L. Moody) 선교사의 설교에 감동 되어서 그때 선교사의 소망을 갖게 된다. 게일에게 다니엘 무 디와의 만남은 일생동안 잊을 수 없는 사건이라 전해진다. 이 때 그들의 구호는 "모두 다 가자, 모두에게로, All Should Go and go to all"였다. 1년전 1885년 5월에 대학 2학년이 될 때 그는 일찍이 영국을 거쳐 프랑스로 건너가 프랑스대학에서 잠 깐 수학하면서 선교 회관에서 봉사의 일을 체험하게 된다. 그 곳의 선교기관(McCall Mission)에서 순회선교와 교파를 초월 한 선교방법의 중요성을 알게 된다. 무엇보다도 그곳에서 탁월 한 세계적 선교사들과 만남은 그의 삶의 방향을 결심하게 만 들어준다. 약 6개월을 보낸 후에 평생을 하느님의 종으로서 살 것을 결심하고 돌아온다.

1888년 6월에 토론토대학에서 문학사 학위를 받고 졸업한 후 그 당시 북미대륙에서 알려진 선교사를 위한 학생자원운동 (Student Volunteer Movement)의 영향을 받게 된다. 그런 후에 그는 다행이 토론토 대학 YMCA 선교부에 선교사로 지 원을 받을 기회를 얻게 되고, 한번도 들어 보지 못한 아시아의 작은 땅, 조선으로 파견 선교사 후원 약속을 받는다. 그는 그 때 자기의 소명이 무엇인지를 깊이 깨닫게 되면서 대학졸업 6개월후 1888년 10월 18일 캐나다를 출발하여 2개월 후인 12월 15일 혹한의 일기에 선교의 꿈으로 가득 찬 미지의 나라 조선이란 땅에 도착한다. 게일이 출항 전 밴쿠버에서 무디 선생의 설교 중에 나는 그의 앞에 인도되었는데 그가 이렇게 나에게 질문 했다. "무얼 어디서 할 거지?" 나는 "학생 운동으로 한국에 가려고 합니다."… "그래, 내 자네를 위해서 기도할 걸세".(Dwight L. Moody.)

부산에 도착한 후 그는 제물포를 거쳐 육로로 서울로 가는 도중에 수많은 죽은 시체들이 전염성 질환으로(발진티푸스, 천연두) 길거리에 널브러져 있는 것을 직접 목격하게 되는데 이것은 그가 태어난 캐나다에서는 상상조차 하기 힘들었던 장면이었다고 묘사되고있다. 서울에 도착한 그는 12월 23일 주일 오후 호러스 그랜트 언더우드(Horace Grant Underwood-1859. 7. 1~1916. 10. 12 미국 장로교 선교사)가 주관하는 주일 예배를 참석하게 되면서 갈 곳이 정해지지 않은 그에게 다행이 3개월을 그의 집에서 머물게 된다. 그때 게일에게는 선교지에서의 복음전파사역이 그의 일차적 관심이었기에 어학 공부와 더불어 선교에 대한 준비를 서서히 시작하게 된다. 잠깐의 준비후에 1889년 3월 17일 그는 새롭고 신비로운 나라 조선을 알기 위해서 기나긴 순례의 길에 오르게 된다.

1889년 8월에 서울을 떠나 부산으로 내려가 1년동안 초량에 거주하면서 한국어 공부에 전념하게 된다. 그러나 그때 척박하고 가난했던 한국사회에서 어떻게 선교를 시작해야 할지 구체적인 그의 선교에 대한 기록은 없다. 그의 부산체류 기간동안 호주의 첫 선교사인 데이비스(J.H Davis)와 합류를 하지만 게일은 얼마 후 그의 죽음을 지켜 봐야 했고, 그의 장례를 치르게 된다. 무엇보다도 게일은 내한 초기에 전국순회, 선교 여행을 하게 되는데 여행중에 황해도 소래에서 우연히 평생의 동반자를 만나는데 그의 이름은 이창직이란 사람이다.

게일은 그를 통해서 한글을 집중적으로 터득하게 되고 그 이후부터는 모든 일에 그가 평생동안 게일의 동반자가 되어준다. 게일이 한국어 공부를 하면서 깨닫게 되는 것이 있는데 그때 한국의 저력을 발견하게 되고, 그들이 만들어 온 역사와 문화를 더욱 사랑하게 된다. 게일은 한국인의 생활방식과 그들의 풍토에서 즉시 깨달은 것은 선교 방법도 조선인에 맞는 선교를 해야 한다는 것이었다. 그가 한국문화와 언어, 풍토에 흠뻑 빠지게 됨으로써 이방인 게일은 한국인을 연구, 서구에 한국 문화를 소개하는데 그가 그들을 찾아 다니는 게 아니라 그 시대에 조선인들이 만남의 장소인 사랑방을 이용하여 파란 눈의 선교사를 그들이 찾아 오게끔 하여 조선인의 삶과 문화를 서서히 눈으로 몸으로 체득하면서 배워간다.

게일은 평신도 선교사로 척박한 조선땅에 왔지만 조선인이 가진 생활 문화를 알지 못하면 그들에게 선교가 가능하지 않다는 것을 일찍이 터득했기에 조선인이 되고, 거리감을 없애기 위해서 그들과 같이 한국 복장을 하고 갓을 쓰고, 온돌방에서 한국인이 가장 사랑하는 된장국과 김치 등의 조선음식을 먹으면서 함께 생활한다. 그렇게 함으로서 조선인의 문화를 익히고, 언어를 배우면서 한국 문화에 매료된다. 또 그는 조선을 동양의 그리스로 칭송했다고 한다. 게일은 고려의 문신 이규보를 좋아했고, 그의 무덤까지 찾아 갔었다고 전해진다. 그가 한국 생활을 접고 떠날 때 〈동국이상국집〉을 가져 갔다 하니 조선에 대한 그의 사랑이 얼마나 컸는지 알 수 있다. 그는 그 시대 사람들이 쉽게 모이는 동네 이야기 방을 이용해서 그들에게 보다 나은 삶을 베풀어 주고자 한국을 떠날 때까지 40년간 그의 모든 것을 바치고 떠난 조선인보다 조선을 더 사랑했던 게일, 그의 마음은 분명 하느님과의 그의 약속이 아닐까 하는 질문을 떨칠 수가 없다.

한국에서의 그의 역동적인 선교 활동 시작

한국도착 그 이듬해인 1889년 3월에 한국어를 배우기 위해서 영어를 사용하지 않는 황해도 깊은 시골 해주를 거쳐서 조선에서 개신교 교회가 처음 세워진 소래 마을에서 생활하게 된다. 그때 조선인 최초의 개신교인 서상륜의 집에서 유숙하면서 조선어를 상당히 잘 할 수 있을 때까지 머무른다. 그러면서 한글 공부와 선교를 병행할 수 있었으며 그곳에 머무는 동안 조선의 풍습을 어느정도 익힌 후에 다시 서울로 되돌아온다.

그런데 뜻밖의 소식을 접하게 되는데 그것은 자신을 파송한 토론토 대학 YMCA에서 재정난으로 그의 선교비를 계속 지원할 수가 없다는 소식을 받게 된다. 그런 시점에 1891년 조선에서 만난 친구 의사 헤론과 마펫의 주선으로 미국 북장로회 선교부 소속으로 옮기게 되는 기회를 갖게 된다. 그런 과정에 소래에서 만난 평생의 협조자가 된 이창직으로부터 더 많은 한글, 한문, 풍습을 공부할 기회를 접하게 되면서 조선에 대한 지식을 쌓아간다. 이런 과정에 그는 정식 신학공부를 끝마치지는 못했지만 첫 안식년인 1897년 5월 13일 미국 인디애나 주 뉴알버니 노회에서 목사 안수를 받고 돌아온다.(김영문 목사의 글- 시카고 나눔교회담임)

그후 그는 서울에 도착하여서 한국에서의 그의 존재는 부활신앙인 게일(James Scarth Gale) 선교사로 알려지게 되고, 한편 그를 '기이하고 놀라운 사람 게일' 이라고도 기록하고 있다. 그가 서양에서 동양으로 와서 조선 사람이 되어 함께 울고, 함께 웃고, 언어, 풍토, 문화, 생활기준을 모두 한국사람처럼 익혀가면서 한국에 머무는 40년동안 그의 한국사랑은 무엇과도 바꿀 수 없는 그런 경지로 깊어만 간다. 그가 순례를 하면서 깨닫게 되는 것은 조선사람들의 문화와 생활 습관을 분명히 읽어낸 파란눈의 신학자라 칭해진다. 그가 시도한 제 1단계의 선교는 가난하고 무지한 조선인들에게 접근하게 되고, 제 2단계는 지식층의 조선인들에게 도전하게 된다. 그는 그렇게 조선인들의 풍습과 문화를 잘 파악하고, 그에 맞추어 선교를 접근해 나갔다고 학자들은 해석하고있다. 그래서 그는 조선역사 선교사 중에 가장 착한 목사라 불리어진다. 그는 19세기 어두운 조선 땅에 복음의 불씨를 들고 와서 작은 밀알로 썩어갔고, 예수의 흔적을 남기고 간 사람이라 기록되어있다.

그 결과 그는 밤낮을 가리지 않고 조선인이 필요하다고 생각하는 모든 문서와 문학, 시를 번역하고 영역하는데 촌음을 아끼지 않았으며 기적 같은 초능력으로 많은 일을 한국과 한국인을 위해서 남긴 사람이다. 어떻게 한 사람이 그의 반평생 동안 문화와 언어가 생소한 나라에 와서 자국인보다 더 많은 그 나라의 언어를 통달하고 문화와 풍습을 체험한 깊은 지식으로 수많은 책을 한영, 영역을 다 할 수 있었는지 그가 한국에 남긴 공헌은 참으로 지대하다는 생각을 해본다.

나는 이분을 쓰기 위해서 수많은 자료를 찾아가면서 놀라는 것은 게일이 언어와 문학에 천재였다는 것을 숨길 수가 없다. 그런 재능으로 빠른 시일에 성서를 한국말로 번역한데 이어서 한국 최초의 한영사전을 만들고, 내한 7년만에 영국의 존 번연의 〈천로역정〉, 〈로빈슨 크로스〉를 한글로 번역해서 복음을 전하는데 큰 밑거름이 되었다고 전해진다. 특히 독립운동과 관련된 일로 투옥된 이상재, 이승만, 이원긍 등 민족지도자들을 감옥으로 찾아가 그들을 위로해 주고 또 천로역정을 전해주어 읽고 감명받아 탈옥후에 연동교회 교인이 된다.

또 찬송가를 우리말로 번역하고 (나자렛 예수, 1927), (성경요리문답, 1929) 그리고 '갓(God)'을 '하나님'이란 표기로 한글성경에 정착시키는데 결정적인 역할을 한 사람이 바로 게일이라 전해진다. 그 외 그는 첫 영한사전, 〈구운몽〉, 〈심청전〉, 〈홍길동 전〉, 〈춘향전〉 등 많은 한국 고전을 영역하여 발간하였으며 1895년에는 '동국통감'을 번역하여 서양에 소개한 인물이다. 또 조선시대 야담집 〈천예록〉을 영역하여 영국 런던에서 발간되었다고 한다. 특히 '구운몽' 영역본은 그 시대 한국문화를 그대로 담아놓은 내용이라 많은 학자들 사이에 한국을 소개하는 교과서로 널리 쓰였다고 전해온다.

그리고 최초의 한영사전이라 할 수 있는 〈한영자전, 1897~1911〉을 편찬하였고, 조선 성교 서회(대한기독교 서회) 창립위원으로 한국에서의 기독교 문서 사역의 기초를 확립한 인물이다. 그 외 성경번역위원으로서 33년 동안 활동하였으며 그의 번역 단행본 저서가 조선에 머무는 40년 동안 43권에 달한다 하니 1년에 1권 이상의 책을 출판한 셈이다.

또 그는 한국인의 교육을 위해서 '교육협회'를 창립하여서 한국인의 99%(식민지기인 1910년대와 1920년 대의 통계)가 넘는 문맹퇴치에 커다란 공헌을 남긴 사람이다. 이렇게 그는 다재 다능한 선교사로 찬송가개편, 기독교 교육, 기독 청년운동, 문서선교, 신학교육, 목회 등 헤아릴 수 없는 다양한 한국문화와 교육에 핵심적 역할을 한 사람이며 무엇보다도 그가 남긴 부활선교는 장로교 부활에 지대한 공로와 초석을 다진 사람이다.

1894년 종로 5가 당시 연못골이라 불리는 연지동 초가집에서 복음을 시작한 연못골 교회(연동교회)에서 초대 담임목사로서 27년 시무하면서 한국에 있는 지식인들과 활발한 접촉을 가짐으로서 더 많은 선교를 펼칠 수 있었으며, 그 당시 양반들이 모이는 교회에 계급의식을 깨고 천민들 역시 발을 들여놓게 한 평등의 신분을 제공한 전통을 깬 사람이다. 이때 지식인들과의 부딪침에서 오는 스트레스가 그에게 엄청난 힘든 시간을 주었지만 게일은 신분보다 신앙적 결단이 더 중요하다고 믿고 있었다. 그때 이 일을 적극적으로 도운 사람이 있었는데 그의 이름은 고찬익이다.

그는 평남 안주 천민 출신으로 자신의 천한 신분을 비관하여서 젊음을 노름판에서 허랑방탕하게 지내고 있던 중, 중원산에서 게일선교사의 전도를 받고 예수님을 접하게 되었다. 게일은 그를 연못골 교회가 조직될 때 초대 장로로 장립하였는데 이것은 그 당시 파격적인 신분의 혁명이었고, 복음의 힘이 지닌 '새로남'이었다고 기록되고있다. 그 이후 그는 1904년 평양신학교에 입학하게 되고 성직자의 길을 준비하게 된다. 그리고 한국장로교 최초의 목사 7인 안수하는 자리에서 고찬익이 예배를 인도하는 직도 받게 된다. 그는 게일의 곁에서 많은 일을 도왔으며 전도사 역할을 하면서 동반자 길을 걸었던 사람이다.

1908년 뜻밖의 두 번의 큰 슬픔이 게일에게 닥쳐온다. 평양신학교에서 재학중인 그의 오른팔인 고찬익이 갑자기 병사하여 잃게 되면서 깊은 슬픔에 빠져 있을 때 같은 해 봄 3월 29일에 또 사랑하는 아내 헤리엇(Harriet)이 결혼 16년만에 48세의 나이로 그의 곁을 떠났으니 그의 상처는 말할 수 없이 컸다. 그런데 그 아픔이 아물기도 전에 그는 또 교회의 분열을 맞게 된다. 그 이유는 천민 출신 고찬익, 이명혁 장로에 이어서 광대 출신 임공진의 장로 장립을 서두르다가 양반교인들의 반발을 불러 일으켰기 때문이다.

당시에 그 교회에는 지체 높은 양반출신 고관들이 있었는데 그 반면에 상인출신의 칠천역에 속하는 사람까지 섞여 있었으 니, 그 이유는 교회의 최고지도자 장로선택에 양반이 아닌 상 민을 뽑는 다는 것이 그 시대에 수치스러운 일이라 생각하는 양반들의 사고 때문이다. 게일에게는 신분보다도 하나님 앞에 그들의 신앙적 결단이 더 중요하다고 생각하였고, 이 시대 양 반들과의 부딪침은 피할 수 없는 그의 결단과 선택이라 믿었 다. 후에 이 연동교회는 소학교(전신 정신 여자 고등학교)를 세 워서 민족의 많은 일꾼들을 배출하게 된다. 그렇게 한국선교의 불길을 지핀 게일은 한국복음화는 물론이고, 교육, 성경 번역, 찬송가 개편에 초석을 다지는데 중요한 역할을 했으며, 그의 모든 열정과 헌신은 우리 민족에게 하느님이 보내주신 '기이한 놀라운 사람이다'라고 기록되어 전해지고 있는데 역시 과언이 아니라는 생각을 하게 해 준다.

세계에 한국문화를 알리는데 그의 연구에는 세 가지점에 주 목된다.

그는 캐나다에서 최초로 입국한 선교사이며 천재적인 기억 의 언어학자이고, 저술가며 번역가, 역사가이자 민속학자라 전해진다. 더욱이 성경 번역가이며 목회자였다. 특히 한국의 역사문화, 문학, 민속언어에 해박했으며 한국학의 대가였다고 전해진다. 그는 내한 이래로 조선 민중의 삶 속에 깊숙이 들어와서 그들과 더불어 모든 것을 나누며 철저히 조선인을 사랑한 사람이다.

첫째로 게일은 선교사로 우리나라에서 사역을 하면서 서구 지식인의 입장에서 한국역사의 독자성을 탐색하기 시작하였다.

둘째로 한국의 종교적 관념추구, 한국에서도 서양관점의 종교가 존재한다고 인정한다.

셋째로 그는 1924년 한국민속사를 저술하면서 단군에서 부터 우리나라의 역사저술에서 한국역사의 독자성을 인정하였고, 한국 문학 독자성을 연구하게 된다. 왜냐하면 그는 한국화 기독교를 지향하면서 서양 기독교가 조선에서 조선인에 의해서 한국적 기독교가 새롭게 탄생되어야 한다는 확고한 선교 철학을 갖고 있었기 때문이다.

특히 그는 한국의 가치를 발견하고 한글이 하나님의 신비한 섭리 가운데 선교를 위해서 준비된 아주 훌륭한 언어라고 감탄하였다고 기록되어있다.(이은선 교수- 안양대 명예교수, 역사신학학의 전문) 또 그는 한국문화에 대해 누구보다도 깊은 이해를 바탕으로 번역서와 논문을 남겼는데 대표적인 영문 저서로 코리안 스켓치(Korean Sketch, 1909), 선구자(The Vanguard, 1904), 전환기의 조선(Korea in Transition,

1913) 등이 있고 대작으로 평가받는(History of the Korean People, 1926) 등 영문 저서 9권, 한국 저서 30권을 출간했으며 이외에도 수많은 글을 국내외 언론과 잡지에 실어 한국을 세계에 알렸다고 기록되어있다.

1892년 영국 성서공회, 한국지부소속으로 성서번역참여, 마태복음, 에베소서 등 신약성서 중 일부를 번역함으로서 그가 한국교회에 끼친 가장 큰 공헌 중 하나는 성경번역에 헌신점이라 볼 수 있다. 이것은 한국교회의 선교적 토대를 구축하는 결정적인 사건으로 기록되고 있기 때문이다. 내한초기에 '사도행전'을 번역한 이래 3년에 걸쳐서 '갈라디아서', '고린도서', '요한복음'을 번역하였고, 1925년에는 〈신역 신구약 전서〉라는 이름의 사역본 성경을 출판한다.

또 〈그리스도 신문〉 주간(1897), 〈기독신보〉에 주필 역할을 하면서 편집인으로(1900~1911) 그리고 영문잡지 〈The Korea Magazine, 1917~1919〉 등 이루 헤아릴 수 없는 간행물들의 편집인으로서 활약을 했다고 기록되어 있다.(출처 / 한국 향토 문화 전자 대전)

그리고 그는 구한말 역사의 현장에서도 중요한 기록을 남겼다. 대원군 이하응을 만났고, 대원군의 장손이자 고종의 조카인 이준용과도 친교를 나누었다고 한다. 고종의 아들 의화군(의친왕)과도 친분을 가졌으며 이범진, 박영호, 이상재 등 그 시대 국정에 관여한 지식인들과 교류하였다는 것을 기록에서 볼 수 있다. 대한민국 초대 대통령 이승만의 미국유학을 위해서 추천장을 써주는 일도 하였으며 1900년에는 고종의 고문으로 임명되어서 명성왕후가 시해되던 날 고종을 알현해서 그 일들을 그가 기록으로 남겼다고 전해진다.

가족관계

1891년 2월에 미국북장로교회선교사 개척 동료 사무엘 마펫(S.A. Moffett)과 함께 만주에 다녀온 후 게일은 전국을 순회하면서 한국을 공부하는데 전념하게 되는데 그의 의사 친구 존 헤론(John Heron)이 결핵 환자 치료 중 병사하게 되면서 1892년 4월 7일 헤론의 미망인 헤리엇(Harriet)과 결혼을 결심하게 된다. 그 이유는 게일이 헤론 집에서 한동안 기거하는 동안 쌓인 정과 같은 선교의 삶을 해온 헤리엇에게 연민과 사랑을 느꼈고, 무엇보다도 선교사역에 대한 같은 비전 때문이었다고 알려진다. 그녀에게는 어린 두 딸 사라 엔(Sara Anne, 6세), 제시엘리자베스(Jessie Elizabeth, 4세)가 있었기에 친구의 딸에게 아빠가 되고 싶지 않았나 하는 생각이 든다. 게일이 의사 친구인 헤론의 집에 몇 년 머무는 동안 서로 가까워질 수 있었고, 또 서로가 하나님 안에서 함께 동반자가 될 수 있었기 때문이라고 기록되어있다. 그는 친구의 병사후에 그녀와의 결혼을 결심하였다고 엘렌우드에게 보낸 편지(1891년 9월 12일)에서 밝혔다. 그런데 그가 1908년 해리엇마저 결핵으로 잃고 2년 후인 1910년 4월 7일 영국실업인의 딸 아다 루이스 세일(Miss Ada Louise Sale)과 일본 요코 하마에서 재혼을 하게 된다. 그리고 1919년 3년째 안식년을 가진 후 한국의 역사, 풍토, 문화, 종교등 다양한 분야에 엄청난 양의 저술과 역서를 출판한다.

게일이 순례 중의 일화

그가 조선을 알기 위해서, 언어를 배우기 위해서, 전국순례를 하던 중에 황해도 해주에서 일어난 작은 일화가 있다. 하루는 해주목사가 그를 집으로 접대를 했는데 그에게는 게일이 평생 처음 만나는 서양인 손님이었다. 그 당시 서양인과 조선인의 인식차이가 너무나 커서 해주목사는 게일을 어떻게 대접을 해야 할지 몹시 어려워 했다. 그러는 중에 식사 시간이 되어서 함께 식사를 하게 되었는데 그가 자신처럼 맛있게 음식을 먹는 것을 보고 서양인도 조선인처럼 같은 인간임을 비로소 느끼게 되었다고 한다. 경상도 대구를 방문했을 때도 또 다른 일화가 있는데 당시 조선인들은 그를 사람인지 귀신인지 모르겠다고 할 정도로 낯설어 했지만, 다음날이 새해 첫날이어서 부모에게 편지를 쓰고 싶다고 말하자 '부모가 있고 공경할 줄 안다니 우리와 같은 사람이다' 라는 공감대가 생겨서 분위기가 누그러졌다고 전해진다. (나무위키)

그가 대구지역을 여행하던 중 또 다른 우스운 에피소드가 있다. 가는 곳마다 사람들에게서 많은 질문을 받는다. '성이 무엇이냐', '어디서 왔느냐', '부모님은 살아 계시느냐'" 등의 질문부터 '머리에는 눈알이 하나만 달려있는 사람들이 어디 사는지?' 등의 질문들을 던졌다. 또 그가 사람들에게 붙잡혔는데 풀려난 이야기도 재미있다.

100여 년 전 북미에서 온 선교사들에게는 조선인은 미개인이나 식인종처럼 묘사됐다. 그때 한국문화의 진수를 간파해서 이를 서양에 소개하고 초창기 기독교를 한국에 심어주기 위해 애썼던 선교사가 바로 캐나다에서 온 제임스 스카스 게일 목사다.

게일이 느낀 신기한 것은 조선에서 글을 잘 쓴다는 것은 조선 양반에게 최고의 가치였다고 서술하고있다. 그 이유는 그 당시 글을 읽고, 쓸 수 있는 사람은 소수에 불과했기 때문이다. 그런데 그가 내한 후 12년만에 천 명이란 기독교인이 생겼는데 같은 기간 일본과 중국에서는 기독교인을 10명을 만들었다고 전해지니 그 나라에서의 선교가 얼마나 어려운지 말해주고 있다.

그는 한국을 이렇게 묘사하고있다. "제가 캐나다에서 조선에 온 지도 올해로 40년이 되었습니다. 그간 내가 보았던 조선, 생각해보면 그것은 실로 한편의 활동사진입니다. 이 40년간 나는 보면 볼수록 조선 그 자체가 심오하게 여겨져 흥미를 더하게 만들어 갔으며. 조선의 전도는 도대체 어떻게 되어가는지…."(시사 한겨레 한마당)

1928년 '조선 사상 통신'에 실린 게일 목사의 글 '구미인이 본 조선의 장래의 전도를 나는 낙관한다'고 나오는 내용이다.

게일 목사는 암흑 같았던 조선의 미래를 '낙관'적으로 보았다고 기록되고있다.

우남 이승만과의 만남(1875.03. 26~1965. 07. 19)

우남 이승만의 초명은 이승용이며 호가 우남이다. 대한민국 초대 대통령이며 현대사의 핵심인물로 묘사되고있다. 황해도 평산군 마산면 능내동에서 아버지 이경선, 어머니 김해 김씨 사이에서 3남 2녀중 막내로 출생하였으나 두 형이 천연두로 이승만이 출생 이전에 사망함으로서 그는 6대 독자로 자란다. 그는 어머니와 누이동생들의 사랑을 독차지하면서 유아 독존적인 성격이 형성된다. 1877년 2살때 서울로 이사하여 승례문 밖 염동, 낙동을 거쳐 남산 서쪽에 있는 도동 우수현에서 성장하게 된다. 그는 5살때 천자문을 뗄 정도로 명석했고 서당에서 한학도 배우게 된다.

1895년 4월 2일 신승우의 권유로 Henry Appenzeller가 설립한 배재학당에 입학해서 소년기에 동양의 전통 학문인 유학을 공부하게 되는데 그것은 어머니로부터 시작된다. 또 불교도 어머니의 영향을 받게 되지만 배재학당에서는 미국에서 온 선교사들을 통해서 신학문을 접하고 기독교라는 서양종교를 알게 되는 계기가 바로 게일 선교사와 만남에서 이루어진다. 우남은 1899년 박영호와 함께 고종황제 폐위사건에 연류 되어서 1904년 5년 7개월 한성감옥에서 고통스런 생활을 하고 있을 때 탈옥을 시도하다가 실패하고 종신징역형을 받게 된다. 이때 게일이 찾아간 곳이 한성감옥이었고, 그의 방문을 받게 된 감옥수들은 기독교 신앙인으로 회심하게 된다. 우남도 1904년 여름에 한성감옥에서 '독립정신'이란 책을 저술하고 〈청일전기〉를 편역하고 〈신한영사전〉을 편찬한다.

그는 같은 해 8월 9일에 일본공사 하야시의 도움으로 특별사면령을 받고 출옥 후 게일을 찾아가 연동교회 교인이 된다. 1902년 투옥된 김정식은 감옥에 있는 동안 게일 목사의 끈질긴 전도에 의해서 〈무디의 설교집〉을 읽고 개종하게 되고 후에 일본에 있는 한국청년 기독교회(YMCA) 총무가 되어서 평생을 봉사하게 된다. 그 외 앞에서 서술한 감옥수들(이상재, 김정식, 유성준, 이원긍)이 출옥 후 연동교회 담임목사인 게일을 찾아가게 된 공통점은 옥중에서 신자가 된 사대부들이 선비 못지않게 박식하고 개방적인 게일목사의 전교에 개종이 되었기에 그것은 당연한 일이라 생각한다. 이들보다 늦게 출옥한 우남 이승만도 석방 후 게일을 찾아가 세례를 받기를 원했지만 그는 감리교에 우선권이 있다고 세례를 주는 것만은 거절하였다고 기록되고 있다.

우남이 출옥 후 게일의 소개서를 받은 햄림목사는 우남을 조지 워싱턴 대학총장이며 한국공사관 법률고문인 찰스 니드햄 박사에게 소개를 하게된다. 이렇게 게일과의 인연으로 우남은 조지 위싱턴 대학에 장학생으로 2학년에 편입할 수 있었고 세례는 같은 해 1905년 4월 23일 부활절을 통해서 워싱턴 디씨

(DC)에 있는 커버넌트 장로교회(The Presbyterian Church of the covenant)에서 햄림 자신이 손수 베풀어주었다고 한다. 누구보다도 게일은 그때 우남 이승만에 대해서 커다란 관심을 가졌다고 전해진다.

이 개화된 지도자들은 상류지식인들로 기독교 신자가 된 한국역사상 최초의 주요 인물들이다. 그런데 게일이 그들에게 매력을 느끼고 확신을 갖게 된 점은 그들의 교육사상과 종교 사상이었다. 우남 이승만은 개종 후 마음에 해방이 생겼다고 표현을 하였는데 이것은 게일이 쏟은 선교의 조력 덕분이라 할 수 있다. 우남은 하바드대학 재학시부터 졸업 후 자신의 진로 문제에 대해서 서울에 있는 게일과 간간히 편지로 조언을 구했다고 한다. 게일이 교장으로있던 정신여 소학교와 경신남 소학교 졸업식이 있을 때 이상재와 같이 기도 순서를, 우남은 성경 봉독을 담당하고 있는 것을 볼 수 있었는데 이것이 우남이 귀국후에도 게일과 교제를 계속했다는 것을 보여준다.

이렇게 게일은 우남 이승만의 삶의 조언자였으며 또 스승이었으며 멘토였다.(불록blog, 강대흥 목사 성경 사랑, 수원 권선교회)

그는 왜 영국땅에 잠들었나?

게일은 우리 민족 문화적 우수성과 고유함을 일찍이 간파하고 온몸으로 받아들였던 그의 개방성과 탁월함이 있었기에 조선땅에 와서 반평생을 보낼 수 있었다고 본다. 자기가 싫어하는 일을 하면서 어떻게 내 인생의 모두를 투자할 수 있었겠는가? 그는 캐나다에서 태어난 한국인이라 해도 과언이 아니다. 우리가 그에 대해 알지 못하더라도 한국 성도라면 누구나 그에게 큰 빚을 지고 있다고 할 수 있다. 그가 남긴 영역책의 천로역정(Pilgrim progress)은 성경다음의 애독서다. 우리가 하나님을 천주나 상제가 아닌 '하나님'으로 부를 수 있게 된 것도 그의 주장과 노력 덕분이다.

그의 삶은 캐나다에서 어린 시절과 배움의 젊은 시절 26년을 보내고, 40년 동안 의식주가 척박한 조선땅에 선교사로 와서 조선인으로 살다가 고향인 캐나다의 밴쿠버로 돌아가서 가족들과 친구들과의 만남을 갖지만 그곳에서 여생을 보내고 싶은 생각은 없었던 것으로 전해진다.

그때 캐나다 교회는 큰 변화를 겪고 있었다. 40년만에 돌아온 그에게는 교단이 연합하고 잔류하는 교회들의 모습들이 쉽게 받아들여지지 않았다고 전해지고 있다. 그 당시 그는 아시아 전문가로 인정받아 의회 도서관에서 연구자로 초빙을 받기도 했지만 그의 마음은 이미 아내의 고향인 유서 깊은 영국의 도시 '바스 Bath'에 정착하기로 마음을 먹고 있었기 때문이다. 결국 그는 인구 10만 명이 채 안되는 작은 도시에 와서 아들이 다니는 학교에서 또 후에 당회원으로 홀리 트리니티 교회에서 말씀을 전하면서 여생을 보낸다. 그리고 아내가 곁에서 지켜보는 가운데서 죽음을 맞게 된다. 그는 그의 인생의 마지막 10년도 쉼 없이 그곳에서 말씀을 전하는 봉사 사역을 맡으면서 찰스디킨스 협회를 비롯한 문화계에서 명성과 열정적인 지도력을 발휘하면서 74세의 나이로 마지막 그의 삶의 모습을 보인다. 그는 신분 인종에 관계없이 어디에 머물든지 그 땅의 공기로 숨쉬고, 음식도 잠자리도 말과 글도 소중히 여기며 온전히 하나님의 섭리안에 받아들였던 인물이다. 그의 신앙적 소신만은 대쪽 같았고, 그래서 때론 오해를 불러오기도 했지만 마지막 10년의 영국생활의 모습도 다르지 않았다고 전해진다.

게일이 쏟은 사랑과 정열이 조선땅에 와서 기독교의 확산 뿐만 아니라 언어, 문화교류의 토대를 이루는데 그토록 큰 변화를 남기고 신앙의 초석을 다진 그의 업적에 영원토록 고개 숙여 경의를 표하고 싶다.

[참고 문헌]

1. 한국교회사, 기독교방송CBS, 다큐멘타리, 백과사전
2. 모닝포커스 2023,12-05 조성갑(골목길 인문학 연구소장)
3. 박용구(총신대 신대원 역사신학 교수)
4. 이은선 교수(안양대 명예교수, 역사신학)의 게일의 한국사 연구
5. 월간조선
6. History of the korea mission, PCUSA, 1884~1934, 625
7. 한국향토문화 전자 대전
8. 한국학 중앙연구원
9. 시사 한겨레 한마당
10. 김보헌 목사/ 총회 파송 영국 선교사
11. 장 창일 기자 -A miracle of modern mission제임스 게일-
12. 우남 이승만의 삶 -블록(blog) 강대흥 목사 성경사랑(수원 권선교회)
13. 김보헌 목사/ 총회파송

던칸 M. 맥레

던칸 맥레

에디스 맥레

던칸 M. 맥레[Duncan Murdoch MacRae, 1868~1949]
1868년 11월 15일 캐나다 노바스코샤주 케이프 브레튼(Cape Breton)에서 교사와
등대지기였던 레임 도널드 맥레(Lame Donald MacRae)와 메리 프레이저(Mary
Fraser)의 둘째 아들로 출생.
던칸 맥레는 노바스코샤주 베덱에서 여생을 보내다가 1949년 12월 81세로 별세하
여 베덱의 세인트 앤드루 공원묘원에 안장되었다.

≫

나는 반드시 한국에 갈 것입니다. 만일 당신들이 나를 보내지 않는
다면 나는 태평양을 헤엄쳐서라도 한국으로 갈 것입니다. 나는 급
여도 요구하지 않습니다. 나의 지원에 대해서는 하나님께서 동료
들과 친구 학생들의 마음을 열 것을 기대하여 하나님만 바라볼 것
입니다.   - 본문중에서

일제에 항거한 팔룡산의 호랑이
던칸 M. 맥레

황 환영 (비전 펠로우십 대표)

맥켄지 선교사의 죽음은 맥레를 부르고

던칸 맥레 선교사는 한국명 마구례(馬求禮·馬具禮)로 캐나다 장로회, 캐나다연합교회 선교사이자 목사로 부인 에디스 맥레와 함께 한평생을 한국인들을 위해 살았다고 해도 과언이 아니다.

맥레는 1868년 11월 15일 캐나다 노바스코샤주 케이프 브레튼(Cape Breton)에서 교사와 등대지기였던 레임 도널드 맥레(Lame Donald MacRae)와 메리 프레이저(Mary Fraser)의 둘째 아들로 출생했다.

16세 되던 해인 1884년 베덱(Baddeck)으로 이사하여 그곳에서 대장장이 견습공으로 있다가 한 복음전도자의 전도를 받고 복음 사역자가 되기로 결심했고, 대장간을 저녁에는 경건한 예배 드리는 장소로 변모시켰다. 그후 베덱아카데미에 입학하여 후에 결혼하게 될 에디스 서덜랜드(Edith Frances

Sutherland, 1875-1956.7.27)를 만났다. 그러나 학교를 다 마치지 못하고 픽투(Pictou)에 있던 픽투아카데미로 전학하여 졸업했다.

그는 1893년 잠시 상점 점원으로 일하다가 핼리팩스에 있던 달하우지대학교에 입학하였고 1896년 달하우지를 졸업하면서 파인힐 장로회신학교에 입학하였다.

신학교에 들어간 1896년 12월호 신학교 교지(The Theologue)에 알렉산더 럽(Alexander Francis Robb)이 기고한 '머나먼 한국으로부터'(From Far-Off Korea)라는 글에서 소래교회 교인을 대표하여 서경조가 쓴 선교사 요청편지를 통해 1895년 6월, 파인힐 장로회신학교 출신 독립선교사 윌리엄 맥켄지(William John McKenzie)가 한국에서 복음을 전하다가 일사병과 영양실조로 소천했다는 소식을 듣고 충격을 받았다. 그는 베덱에 있는 한 섬의 등대에서 철야기도를 하며 자신이 한국으로 가 그의 뒤를 이을 선교사가 되겠다고 결심했다.

1897년 선교사 지원서를 제출했으나 임명되지 못했다. 캐나다장로회(PCC) 해외선교부는 이미 중국과 인도에 선교사를 파송함으로 재정적 여유가 없었고, 맥켄지의 소천으로 인한 선교사 파송 압력으로 간신히 두 사람만 파송할 수 있는 재정을 가지고 있었고, 이미 그리어슨 목사 겸 의사와 푸트 목사를 임명해두고 있었기 때문이다.

맥레는 "나는 반드시 한국에 갈 것입니다. 만일 당신들이 나

베덱의 등대에서 맥레는 철야하며 한국으로 나아갈 결심을 했다. (함진원 목사 사진)

를 보내지 않는다면 나는 태평양을 헤엄쳐서라도 한국으로 갈 것입니다. 나는 급여도 요구하지 않습니다. 나의 지원에 대해서는 하나님께서 동료들과 친구 학생들의 마음을 열 것을 기대하여 하나님만 바라볼 것입니다."라는 편지와 함께 지원 약속 편지를 동봉하여 지원서를 냈다. 맥레 파송에 필요한 경비는 졸업식 전에 매리타임(Maritime) 지역 교회들과 친구들이 모아주었는데, 결과적으로 그리어슨과 푸트의 파송에 드는 경비에 두 배에 이르는 금액을 모금하였다.

결국 그의 열정에 두손두발 다든 PCC 메리타임 노회는 그리어슨, 푸트, 맥레 세 사람을 파송하기에 이르렀고, 그들은 목사 후보생으로 신학과 목회 훈련을 받고 1898년 졸업하였다.

함경도 땅에 복음의 전진기지가 세워지다

망덕 언덕에 세워진 함흥선교부(비전 펠로우십 사진)

신창리교회
(비전 펠로우십 사진)

부인 에디스가 세운 영생여학교
(비전 펠로우십 사진)

맥레의 가족들
(비전 펠로우십 사진)

맥레와 성경공부 지도자들
(비전 펠로우십 사진)

그 후 그리어슨과 푸트는 결혼하여 부인들과 함께 출발하게 되어 캐나다장로회 한국 파견 선교사는 5명으로 늘어나게 되었고, 이 다섯 명은 1898년 8월 1일 밴쿠버를 출발했다. 일본을 거쳐 1898년 9월 5일 부산항에, 9월 7일 제물포항에 도착하여 1박을 하고 9월 8일 서울에 도착했다. 서울에서 어학공부를 하면서 9월 22일 캐나다장로회 한국선교부를 조직하였는데, 회장은 푸트, 서기는 그리어슨, 회계는 맥레가 맡았다.

맥레와 에디스의 함경도 순회선교
(비전 펠로우십 사진)

맥레가 함경도 최초의 기독교식 결혼을
주례하고 있다. (비전 펠로우십 사진)

1차 파송된 다섯사람은 언더우드 목사 부부와 서경조의 안내에 따라 10월 7~19일 맥켄지 선교사가 사역하였던 소래마을을 방문하고, 20일 서울로 귀환하여 장로회선교회연합공의회(The Council of Presbyterian Missions in Korea)에 참여하였다. 이 공의회는 캐나다장로회 한국선교부를 만장일치로

회원으로 추가하고, 10월 27일 회의에서 "분명한 선교지역을 지정해 달라."는 요구에 따라 스왈른(Swallen)과 게일(Gale)의 추천으로 "원산항을 중심으로 하여 한반도 북동쪽인 함경도 지역"을 맡기로 결정하였다. 이는 이미 1890~1894년에 걸친 존 네비우스(John Nevius) 선교사의 조선반도 선교지분할정책 (교계예양)에 따라 1898년 캐나다선교회가 함경남도, 북도를 할양받아 선교지역을 개척하도록 준비되어 있었기 때문이다. 맥레는 원산에서 어학공부와 그리어슨의 진료소를 돕는 일을 하면서 함흥·성진·북청 지역의 선교여행을 하였다.

1900년 8월 13일 일본 요코하마에서 에디스 서덜랜드와 결혼하고 부인과 함께 선교지로 다시 돌아오는 길에, 중국에서 선교활동을 하다가 의화단 사건 때문에 선교지가 한국으로 변경되어 가고 있던 맥컬리(Miss Louise H. McCully)와 일본 고베에서 만나 같은 배로 9월 16일 원산선교부로 복귀하였다. 그는 그리어슨과 함께 1900년부터 함흥·성진 지역을 순회하고 선교부의 설치를 검토하였다.

1901년 5월 그리어슨이 가족을 데리고 성진(현 김책시)으로 이주하여 그곳에 선교부를 개척하자 맥레도 함흥선교부 설치를 요구하여 1904년 초에 선교부가 설치되었다. 당시 1902년 영국과 일본이 영일동맹을 맺고 1894년 청일전쟁을 통해 승세를 굳힌 일본은 러시아의 남하 저지를 목적으로 1904년 러일전쟁을 일으켰다. 만주 일대와 함경남북도 일대에 전쟁이 벌어져 러시아가 남하하여 함흥을 점령하는 바람에 모두 피신하였지만 끝까지 남았던 맥레는 체포되어 가택연금 상태에 있다가 몰래 밤에 탈출하여 원산선교부로 돌아 갔다. 원산까지 밀어닥친 러시아와의 전투를 그리어슨과 함께 일본군 참호에 들어가 종군기자처럼 취재를 하기도 했다. 전투가 끝난후 영국 영사대리 웨이크필드(Mr. Wakefield)의 요청으로 수백명의 러시아군 전사자들 시신을 수습하고 기독교식으로 장례집전을 해 영령들을 위로하기도 했다.

러시아군이 패퇴하여 함흥까지 물러가자 교인들의 안위가 궁금하여 총탄과 체포의 두려움을 무릅쓰고 돌아가 그들을 위로하므로 함흥지역민들로부터 존경을 얻었다.

함흥에서 사역, 그리고 일본과의 싸움

1905년 함흥에 정착하면서 장차 교회·병원·학교를 짓기 위하여 선교부지로 함흥 성내 신창리에 있는 망덕(望德) 기지를 매입하였다. 그 땅은 원래 무당들이 하늘에 제사를 지내던 곳으로 동네 공동 소유지였다. 이주한이라는 교인이 그 마을의 원로인 박정익과 교섭하여 600냥에 계약을 체결하고 구입하였다. 맥레는 이곳에 자신이 살 집을 짓고, 교회와 학교(영생남학교, 여학교)를 세우고, 병원을 지었다. 망덕 기지를 팔룡산이라 불렀고 맥레의 용감성에 함흥 사람들은 그를 '팔룡산의 호랑이'라고 불렀다.

1906년 초에 재정고문관으로 부임한 일본인 가미야가 망덕 기지를 탐내고 일본군을 동원하여 그 기지에 경계 말뚝 6개를 박았고, '팔룡산 호랑이'로 불리우는 맥레는 분개하여 이를 뽑는 과정에서 6명의 일본군을 때려 눕히는 싸움도 불사하였다. 그후 가미야는 이곳에 화장실을 지었다. 이에 분개한 맥레는 또다시 일본군을 두드려 패는 바람에 영일간에 외교문제로까지 발전했다. 맥레의 소상한 편지를 통해 영국 부영사 헨리 콕번에게 밝힘으로 화해로 마무리가 되었다. 그는 이전부터 일본의 침략 야욕과 한반도를 침탈하려는 계획을 예지하였고, 그들의 비문명적이고 폭력적인 민족성을 꿰뚫어 보았다.

1907년 11월 8~26일 통감부에서 파견한 마야마(間山)와 영국영사관의 영사대리 홀름스의 합동조사 후 함흥의 철거되는 관립학교 부지와 망덕 기지를 교환하자는 타협이 이루어져 해결되었다. 이후 망덕 기지에 살던 일본인으로부터 그 기지를 다시 선교부가 사지 않겠느냐는 제안이 들어와 맥레는 기꺼이 그 제안을 받아들여 다시 매입하여 그곳에 1천여 명을 수용할 수 있는 'ㄱ'자 예배당인 신창리교회를 건축하였다. 1907년 루터 영(L. L. Young, 후일 재일동포를 위해 일본으로 건너가 사역함) 선교사가 함흥선교부에 합류하여 선교활동에 활기를 더했다.

1907년 6월 함흥 연포에서 주민들이 염전세를 거부하자 일본군이 출동하여 살상하고 체포하여 재판에 넘긴 사건이 일어났다. 이런 비극적인 사건이 일어나자 주민들은 맥레 선교사의 서재에 몰려가 밤 늦게까지 그와 함께 대책을 의논하였다. 이

무렵 맥레의 심경은 고향에 보낸 1907년 7월 11일자 편지에 잘 나타나 있다. "...총들이 발사를 멈추고 피로 엉킨 칼들이 칼집에 넣어졌을 때, 걸을 수 있는 사람들은 도시로 걸어갔고, 상처가 난 사람들은 그들의 피 속에서 뒹굴도록 남겨졌다.... 우리가 그런 잔인한 대학살에서 편들어 줄 수 없기 때문에 우리는 그들과 함께 괴로워해야 한다. 그것을 말하라. 하늘이 억압받은 자의 부르짖음이 되울릴 때까지 그것을 폭로하라... 마치 나의 펜에서 피가 뚝뚝 떨어지는 것 같다. 나의 마음은 무겁고, 우리가 무엇인가 하기에 너무 무력하다." 마침 이 사건이 일어났을 무렵 캐나다장로회 해외선교부 총무 맥케이(Dr. G. L. McKay)가 한국을 방문하여 원산지역을 돌아보고 있어서, 맥레는 원산으로 그를 찾아가 그 사건을 보고하고 함께 함흥지역을 돌아보기 위해서 함흥에 왔다. 이 사건의 전말을 알게 된 맥케이는 당시 영국인 베델이 경영하던 「대한매일신보」 영자신문인 「The Korea Daily News」 1907년 7월 10일자에 사건의 전말을 폭로하여 '함흥에서의 공포의 대량 학살'(Terrible Massacre at Hamheung)이라는 제목으로 보도하였다.

맥케이는 맥레에 대해 다음과 같이 썼다. "함흥에서 선교회의 수장은 맥레 목사인데, 그는 일본인들의 불의에 대항하여 조선인들을 보호하려고 일본 군대와 몇몇 감정적인 충돌을 나타낸 인물이다. 맥레 박사는 전투적 그리스도교의 거대한 경험을 소유한 것으로 보이며, 그는 상황이 (싸움을) 필요로 한다고 간주할 때 싸우는 것을 망설이지 않았다."

일제 헌병 경찰들이 선교사들과 기독교인들의 집회를 조사하고 있던 1909년 1월 31일부터 2월 1일까지 맥레가 시무하던 함흥읍교회에서 집회가 열렸다. 이때 강사는 1907년 그 교회 초대 장로로 장립되어 맥레의 조사를 맡고 있던 김창보와 맥레의 한국어 어학선생인 조희림이 맡았다. 명분은 교회의 연설회였지만 예언자적 목소리로 민족적 위기를 경고하고 민족의식의 각성을 촉구한 애국계몽운동이었다. 이에 일제 경무국장 마쓰이가 2월 26일자로 이를 통감부 소네 부통감에게 보고하였다.

한국의 독립을 위한 투쟁

1910년 기어이 한일합방이 일어 났다. 맥레는 데라우치 마사다케가 총독으로 부임한 것을 알았다. 맥레는 일본의 거미줄로부터 조선이 벗어나도록 외국의 도움을 요청했다. 그러나 허사였다. 그는 또 재일본 영국 대사 클로드 맥도널드 경에게 편지했고, 이를 토대로 대사는 이토 히로부미를 만났지만 부정적인 답변만 들었다. 이후 함흥을 중심으로 한국인들, 특히 기독교인들이 일본인들에 의해 테러와 폭력에 시달리는 일이 많았고, 이를 위해 백방으로 노력했다.

또한 함경북도 변방에 러시아 군인들, 중국 마적단, 일본 군대의 틈새에 끼어 약탈 당하고 폭력에 억압당한 한국인들을 위해 몸을 아끼지 않고 구출하고 변호하고 돌보는 일에 앞장섰다.

1919년 3월 3일 함흥만세시위가 일어나 6일까지 이어지자 맥레는 일본 무장경찰이 기관총으로 쏘며 제지함에도 불구하고 시위현장을 찾아가 일제의 폭력을 감시하고 체포된 사람들을 풀어주도록 일경을 압박하였다. 함흥 만세시위에서 일제의 가혹한 탄압을 목격한 그는 이를 영국영사관에 알리고 조선총독부에 항의하기 위해서 서울에 와서 1919년 3월 20일자로 상세한 진술서를 실명으로 발표하였다.

1930년대에 일어난 조선총독부의 신사참배 강요에 대해서는 절대로 타협해서는 안된다고 주장하여, 타협해서라도 학교의 존속을 추구하자던 젊은 선교사들과 자주 대립하였다.

1935년 일제는 학교의 학생들에게 비행기를 모금하라는 명령이 발표되었고, 학교의 교사들에게 신사를 세우기 위한 돈을 기부하라는 명령을 내렸다. 그리고 관리들은 모든 사람들을 신도주의로 개종하도록 하고 신사들을 개설하는 데 열중하고 있었다.

외국 선교부들은 이로 인해 두 갈래로 갈라지게 되었다. 신사는 조상을 추모하는 일종의 동양적 효사상일뿐 종교행위가 아니라고 주장하는가 하면, 우상숭배에 다름 아니라는 쪽으로 갈라져 의론이 분분하였다. 이를 수용하고 교회와 학교를 지키자는 쪽과 단호히 배척해야 한다는 쪽이 갈라서게 되었다. 그러나 맥레는 단호히 이를 배척하자는 쪽이어서 많은 충돌을 야기하였다.

한국사랑은 대를 이어

그는 1937년 1월 은퇴하고 같은 해 봄에 귀국하여 한국의 신사참배 문제의 심각성을 알리려 노력하였다. 그는 귀국 후 1937년 6월 5일자 암스트롱(A. E.Armstrong) PCC 해외선교위원회 총무에게 보낸 편지에서도 "신사참배 문제는 심각하고 긴급합니다. 해외선교위원회는 이것에 대해 그들이 무엇을 하려고 하든 곧 결정해야 합니다. 이것은 또한 여선교회위원회에도 마찬가지입니다. 아무 행동도 하지 않는다면 내가 그냥 지나치지 않을 것입니다."라고 썼다. 1938년 강연에서 "선교사들이 실제로 이교의 사당에서 예배하고 있으며 일본인 관리들과 타협하고 있다."는 요지의 주장을 하였다.

그는 노바스코샤주 베덱에서 여생을 보내다가 1949년 12월 81세로 별세하여 베덱의 세인트 앤드루 공원묘원에 안장되었다.

1956년 별세한 부인도 남편 옆에 묻혔다. 첫째 딸 엘리자베스 펄은 캐나다에서 베이컨(Roland Clinton Bacon) 목사와 결혼한 후 남편과 함께 1931년 캐나다연합교회 선교사로 내한하여 회령선교부에서 활동하였다.

둘째딸인 헬렌 맥레(Helen Fraser MacRae, 한국명 마혜란)는 1910년 한국에서 태어났다. 그녀는 어릴 때 한국과 일본에서 교육을 받았으며, 이후 캐나다 노바스코샤 핼리팩스의 달하우지 대학(Dalhousie University, Halifax, Nova Scotia,

베덱에 묻힌 맥레와 에디스 부부(함진원 목사 사진)

Canada)에서 문학(1933)과 교육학(1934)으로 학사학위를 받
았다. 헬렌은 노바스코샤에서 30년 넘게 교편을 잡았으며, 자
신의 부모와 동교 선교사들의 사역을 중심으로 캐나다-한국
의 관계를 연구조사하기 위하여 교직을 은퇴하고 한국으로
돌아왔다. '팔룡산 호랑이'(A Tiger on Dragon Mountain)
는 캐나다와 여러 나라에서 광범위하게 조사한 노력의 결
과물이다. 그녀는 1967년 캐나다 100주년 메달(Canada
Centennial Medal)을 받았으며, 1987년에는 대한민국 명예
훈장(Republic of Korea National Decoration of Honour)
을 수여받았다.

---

* 이 글은 헬렌 맥레의 부모님에 대한 전기 '팔룡산 호랑이'와 '내한선교사사전'(한국기독
교역사연구소, 2022)에서 발췌하여 요약한 글임을 밝혀둔다.

앨리스 샤프

앨리스 샤프(Alice J. Hammond Sharp 史愛理施, 사애리시 1871. 4. 11.~
1972. 9. 8)는 1904년 공주에 첫 여성 학교인 명선학당(明善學堂, 永明女學校 전
신)을 설립하고 주변 시골에도 몇 개의 학당을 시작한 공주 지역 여성 선교의 어머니
이다. 특히 영명여학교에서 유 관순(柳寬順, 1902. 12. 16.~1920. 9. 28.)을 가르
치며 이화학당으로 진학시킨 유관순의 양어머니로 알려져 있다.

》》
현재 평균 출석인은 12명밖에 안 되지만 그들 중 몇 명은 내가 한
국에서 본 적이 없을 만큼 사랑스럽고 똑똑한 여자아이들이다.

- 본문중에서

내한 캐나다 선교사
앨리스 샤프(사애리시)와 유 관순 열사

석 동기 (토론토 한인 감리교회 목사)

1910년 무렵 앨리스 샤프 선교사는 주일학교에서 성경구절을 줄줄 외우고 다니던 8세의 유 관순을 만났다고 한다. 앨리스는 가정이 어려운 유 관순을 양녀로 삼았고 공주로 데려와 같이 살면서 영명학교에서 2년간 가르친 후 서울 이화학당 보통과에 교비 장학생으로 편입시킨다.

앨리스 선교사와 함께 살던 시절에 신학문과 기독교서적, 잔다르크 전기를 접한 것이 유 관순의 민족정신 형성에 큰 영향을 미쳤을 것으로 역사가들은 보고 있다. 유 관순 열사는 이화학당에서 3년간 공부했으며 3·1 운동이 일어났을 당시 고등과 1학년이었다.

"유 관순은 1904년 충남 천안 목천 지령부락에서 아버지 유 중권과 어머니 이 소제의 2녀로 출생하였는데 아버지 유 중권은 이 지방에서 가장 먼저 개화사상을 받아 들였고 그리고 기독교인이 되었다. 그리고 흥호학교를 세워 신교육에 열심하였으나 일인 고리대금업자의 횡포와 학교부채로 실패하게 되었는데 구국의 방법과 신념이 기독교에 있음을 깨닫고 조 인원 (조 병옥의 부친) 등과 더불어 교회를 중심으로 민중계몽에 노력하였다.

이런 가정 배경에서 자란 유 관순 열사는 어릴 때부터 교회학교에서 자라났는데 지령리에 선교차 온 앨리스 샤프 선교사의 눈에 띄어 영명여학교와 이화학당에서 수학하던 중에 3·1운동을 맞이하여 만세시위에 참여하였다.

서울에서의 만세시위 당시에 체포당했으나 석방되었으며 총독부의 휴교령에 따라 학교가 폐교되자 사촌언니와 함께 천안 일대가 아직도 만세시위에 참여하지 않았다는 소식을 듣고 지령리교회에서 고을 유지들에게 서울의 만세운동을 소상히 설명하고 민중궐기를 호소하였는데 이 때 조 병옥(제 4대 민주당 대통령 선거 후보자)의 부친 조 인원 등이 앞장서서 거사일을 4월 2일(음력 3월 1일)로 정하고 일경의 눈을 피해 한밤중에 산골길을 오르내리면서 연기 청주 진천등의 교회 및 뜻있는 자들을 모아 거사 전날 밤에 수신면 삼마루에 준비완료를 뜻하는 봉화를 올리며 거사일을 맞이하였다.

거사당일 아오내 장날 정오를 기하여 3천여 명의 시위군중이 모였고 조 인원의 독립선언문 낭독에 이어 유 관순의 독립연설이 있은 뒤 시위에 들어갔다.

이 시위에서 일본 헌병대의 총격에 의해 아버지와 어머니를 잃고 체포되었으며 공주영명학교를 대표로 독립운동을 주도

하다가 잡혀온 오빠 유 관옥을 만나게 된다.(기독교 대백과 12권-유 관순, 참조)

경성 복심법원에서 3년 징역형을 선고받고 서대문 감옥에서 복역중 1920년 3월 1일 만세운동 1주기에 옥중에서 만세운동을 벌였다.

이 사건으로 유 관순은 심한 매질과 고문을 당하였고 결국 병을 얻어 1920년 10월 12일 옥사하였다.(한국 감리교 여선교회 역사, 참조)

「승당 임 영신의 나의 40년 투쟁사」에 기록된 내용을 살펴보면 당시의 상황을 더욱 생생하게 묘사하고 있다.

"대부분의 사람들은 유 관순이 모태신앙을 가진 독실한 기독교인이었다는 사실을 알지 못한다.

유 관순의 부모는 가난하긴 했지만 일찌기 기독교를 받아들여 개화한 신앙인이었다. 그의 주변 친지들 역시 대부분이 기독교인이었다. 유 관순의 작은 아버지 유 중무는 유 관순의 고향 충남의 매봉교회 전도사로 사역했으며, 일설에 의하면 유 관순의 아버지 유 중권이 1908년 매봉교회를 설립했다고 알려져 있다.

하지만 매봉교회가 세워진 것은 1899년 스웨러 선교사에 의해서 였다는 설이 더 설득력 있다.

1902년 생인 유 관순은 모태 신앙으로 아버지의 뜨거운 신앙과 민족 의식에 영향을 받았다고 알려져 있다. 유 관순이 이화학당에 입학할 수 있었던 것도 당시 공주에서 선교사역을 하던 사애리시 선교사(史愛利施·Alice J. Hammond, 샤프 부인)의 추천 덕에 가능했다. 이화학당 재학시절에는 가까운 정동교회에 다녔다고 알려져 있는데, 당시 정동교회 담임은 손 정도 목사이다. 대한민국의 임시정부 제2대 의정원 의장이었던 손 목사는 3·1 운동 당시 민족대표 33인 중에 하나였으며 정동교회를 다니던 유 관순이 이 위대한 지도자를 만나 큰 영향을 받았다고 한다.

그 성령의 역사와 민족을 지향하는 정신을 유 관순도 전수 받았을 것으로 믿는다. 아버지 유 중권은 미션스쿨인 이화학당에 간 유 관순을 붙들고 '열심히 공부해 민족의 일꾼이 되라'고 늘 기도했다고 한다.

이화학당의 기록에 의하면 유 관순은 당시 교내 기도실에서 많은 시간동안 기도에 전력했다.

놀라운 사실은… 1919년 3월… 아우내에 내려 온 유 관순은 독립만세운동 직전 고향 매봉산에 올라가 3일동안 밤낮으로 기도했다고 한다.

기도할 때마다 함께 데리고 갔던 조카 유 제한은 훗날 다음과 같이 회고했다.

"사흘동안 기도만 했습니다. 사흘째 되던 날 뭔가 계시를 받은 듯 미친 듯이 기도를 마친 그 얼굴은 온통 환하게 빛이 났고 말에 힘이 있었으며, 담대한 모습이었습니다."

그가 서울에서 아우내로 내려와 실제로 만세운동을 벌일 수 있었던 데에는 주변 교회와 목사, 그리고 교회 신도들의 목숨을 내건 도움이 결정적이었다고 한다. 매봉(지령리)교회에서는 유 관순의 열정에 감동해 전 교인이 만세운동에 참여하기로 뜻을 모았다.

유 관순의 신앙과 믿음을 어려서부터 지켜봐 왔던 매봉교회 신도들이었기에 더욱 그러했을 것이지만, 그녀의 설득에 모두가 감동했다는 기록이 있다. 유 관순은 거사 전날인 3월 31일 사흘동안 기도했던 그 매봉산에 다시 올라 봉화를 밝혔다. 이를 시작으로 천안, 안성, 진천, 청주 등 원근 24개의 산봉오리에서 봉화가 불을 밝혔다. 그렇게 타오르던 봉화가 서서히 꺼질 때 즈음, 4월 1일의 해가 빛을 발하며 서서히 떠올랐다고 한다.

유 관순은 거사 직전 기도를 올렸다고 전해진다.

"하나님이시여, 이제 시간이 임박하였습니다.
원수 왜를 물리쳐 주시고 이 땅에 자유와 독립을 주소서,
내일 거사할 각 대표들에게 더욱 용기와 힘을 주시고
이로 말미암아 이 민족의 행복한 땅이 되게 하소서,
주여 같이 하시고 이 소녀에게 용기와 힘을 주옵소서.
대한독립만세! 대한독립만세!"(유 관순기념 비문)

1915년 충남 공주 영명학교 학생과 교사들의 단체 사진의 연구원 측은 앞에서 세번째 줄 오른쪽에서 세번째 소녀가 유 관순 열사로 추정된다고 밝혔다.
맨 뒷줄 오른쪽에서 다섯 번째가 사애리시 선교사.

앨리스 샤프(Alice J. Hammond Sharp 史愛理施, 사애리시 1871. 4. 11.~1972. 9. 8)는 1904년 공주에 첫 여성 학교인 명선학당(明善學堂, 永明女學校 전신)을 설립하고 주변 시골에도 몇 개의 학당을 시작한 공주 지역 여성 선교의 어머니이다.

특히 영명여학교에서 유 관순(柳寬順, 1902. 12. 16.~1920. 9. 28.)을 가르치며 이화학당으로 진학시킨 유 관순의 양어머니로 알려져 있다.

앨리스는 1871년 4월 11일 캐나다 노바스코시아 Yarmouth의 Chebogue에서 출생한 '영국인'으로, 아버지 윌리암 에드워즈 해먼드(Willian Edward Hammand)와 어머니 앨리스 제인 해먼드(Alice Jane Hammand) 사이에 태어나 침례교회가 운영하는 학교와 고등학교를 다니면서 26년을 부모와 함께 살았으며 1897~1900년 미국 뉴욕 브루클린에 있는 선교사 훈련원에서 수학하는 동안 캐나다 온타리오 출신 로버트 샤프(Robbert Sharp)를 만나게 되었고 1900년에 북감리회 해외여성선교부 소속 선교사로 내한하여 이화학당에서 교사로 가르치면서 상동교회에서 부인들을 가르쳤다.

1903년 내한한 북감리회 소속 샤프(Robert A. Sharp) 목사와 그해 6월 30일 이화학당 본관에서 노블목사의 주례로 결혼하였다. 1904년 남편 샤프가 공주 선교지부 책임자로 임명되자 함께 공주에 내려와 정착하게 된다.

앨리스 샤프(사애리시)는 선교사역을 위하여 순회선교차 지방여행을 자주하였는데 그가 은퇴후 한국을 떠나면서 감리교 한국 여성선교사회 연회보고서에 남긴 글에 "한국에서 봉사한 39년은 정말 만족스럽고 즐거운 일이었다. 내가 세운 학교에서 어린이들이 교육받고 주일학교와 교회에서 훈련받아 전도사, 교사, 전도부인, 의사, 간호사로서 그리스도를 위한 일꾼으로 성장하는 것을 보는 것은 말로 표현할 수 없는 기쁨이었다."고 기록하고 있다.

앨리스 샤프가 충청지방을 선교할 당시 연례 보고서 한 장면에 "9월 대부분을 나는 지방에서 보냈다. 숙박시설이 있는 이천으로 갔는데 내가 활동할 중심지로 그곳을 생각하고 때때로 하루나 이틀씩 주변 마을로 나갔다. 이런 선교현장을 돌아다니면서 느끼는 부족함이 있는데 여성들의 무지는 소름이 끼칠 정도인데 그들에게 공부할 것을 강조하면 '우리는 온종일 일해야

하는데 기독교인이 될 수 있을까요.' 이럴 때 나는 예수 그리스
도의 종교는 우리의 일을 방해하는 것이 아니고 우리의 일을
더 잘할 수 있도록 해 준다고 말했다. 이렇게 말할 수 있는 것
이 너무나도 즐거웠다."

당시 조선의 여성 대부분이 문맹인 상황에서 여성에 대한 교
육은 조선을 문명화 시키고 기독교 선교의 주요한 수단임을 기
록을 통해 알 수 있는 부분이다.

1906년 6월 8일부터 14일까지 서울에서 열린 제8회 감리교
여성선교사 연회에서 앨리스 샤프는 충청지방 사역보고서에
가장 주요한 내용은 사랑하는 남편 로버트 샤프를 잃었다는 사
실이었다.
"하나님의 길은 우리의 길과 다르고 그의 생각은 우리 생각
과 다르다.
그래서 비록 그분이 나에게 깊은 슬픔을 주셨지만 나는 다른
사람들을 생각하면서 그 슬픔을 잊으려고 노력할 것이고 또한
나에게 맡기신 일을 더욱 열심히 할 것이다.
'이별은 이미 지나갔고 만남이 앞에 있다'라는 것을 알기 때
문이다."
앨리스(사애리시)의 생애를 서술하는데 있어서 그의 남편 로
버트 샤프를 소개하지 않고는 설명할 수 없다.
로버트 샤프(Robert Arthur Sharp, 1872. 3. 18.~ 1906.

3. 5.) 목사는 캐나다 온타리로 캐스토빌(Castorville)에서 태어났다. 1887년 미국 뉴욕 브루클린 유니언 선교사 양성학교에 입학하였고, 오하이오 오벌린대학(1900-03)을 졸업하고 교역자로 일하다가, 1903년 미국 북감리회 선교사로 내한한다. 그는 정동제일교회와 배재학당에서 교육을 담당하고, 10월 말 황성기독청년회(YMCA) 초대이사로 선출되었다. 1904년 감리회 공주 선교지부 책임자로 임명되어 아내 앨리스와 함께 공주로 오게 되었고, 샤프 선교사 부부는 공주 하리동 뒷산 언덕 일대를 구입하여 선교지부를 꾸미고 예배당(공주제일교회)을 세우며 샤프 목사는 남학생을 위한 명설학당(영명학교, 현 공주영명고등학교)을 개설하고, 샤프 부인은 여학생을 위한 명선학당을 개설하여 학생들을 가르치기 시작하였는데 이것이 공주의 첫 근대 학교였다.

이듬해인 1905년 11월엔 하리동 언덕에 2층 붉은 벽돌집을 지어 이주하게 된다.

샤프 선교사는 순회전도도 자주 하였는데, 공주를 거점으로 강경, 논산, 천안, 조치원 등을 방문하던 1906년 2월 말 강경 논산 지방 순회전도 도중 진눈깨비를 피해서 들어간 집이 하필이면 상여가 보관된 곳이었고, 전날 장티프스로 죽은 시체를 운구했던 상여를 만진 것이 화근이 되어, 1906년 3월 5일 34세의 젊은 나이로 소천하게 된다. 한국에 온 지 3년, 공주에 정착한 지 1년 남짓밖에 안된 안타까운 순직이었다.

샤프 부인은 결혼 3년 만에 사별을 하고 미국으로 돌아갔다가 1908년 다시 한국 공주로 돌아와 교육사업과 선교사업을 이어가게 되는데,

"주간학교는 내가 실망하지는 않고 있지만 내가 원했던 만큼 크지는 않았다. 그러나 여전히 큰 학교를 갖게 될 것으로 믿고 있다. 현재 평균 출석인은 12명밖에 안 되지만 그들 중 몇 명은 내가 한국에서 본 적이 없을 만큼 사랑스럽고 똑똑한 여자아이들이다.

곧 정규 주간학교 교사가 배치되기를 희망하고 있다.

공주 지역에는 35명이 넘는 학생이 있는 남자학교가 있다.

남편 샤프가 타계하는 시간까지 그는 학교와 공주교회의 사역을 감당했으며 과중한 업무였음에도 불구하고 그는 즐거이 모든 일을 감당하였다."

하루는 내가 공주를 떠나기 전에 남편 샤프에 관해 이야기를 나누었는데 앨리스 샤프는 "나는 설교할 때 샤프가 나의 오른쪽에서 나를 돕고 있는 것처럼 느낀다고 하며 그가 우리 가운데 육신으로 함께 있을 때보다 더 우리를 도울 것이라는 생각이 든다."고 적고 있다.

남편과 사이에서 자녀를 얻지 못한 그는 어렵게 지내는 가정의 소녀들의 교육을 후원했는데, 이들 중에 유 관순(영명 여학교 재학 중 사애리시 여사가 이화학당으로 전학시킴), 박 화숙(성악가, 공주지역 만세운동 주도, 이 묘묵의 부인), 김 현경(공주지역 만세운동 주도, 유 관순의 시신 인수), 노 마리아(한국

최초의 여자경찰서장), 전 밀라(한국 최초의 여성 목사) 임 영신 등이 있다. 앨리스 샤프는 논산읍내에 1909년 영화여학교와 진광남학교를 설립하였는데, 진광남학교는 1913년에 폐교되었다.

앨리스 샤프가 선교중에 곳곳에서 여성인재를 발굴하는데 얼마나 많은 관심을 가지고 있었는가를 알 수 있는 기록이 있는데 그중에도 「영명100년사」에는 다음과 같이 세세한 장면들을 기술하고 있다.

"사애리시 여사가 관순을 처음 알게 된 것은 천안에 있는 지령리교회(현 매봉교회)를 심방하는 자리에 동행하면서였다. 사애리시 여사는 관순의 두터운 신앙심과 교회 주일학교를 열심히 인도하는 것을 보고 관순을 사랑하게 되었고 관순도 사애리시 여사의 적극적이고도 헌신적인 사회봉사 활동에 감화를 받아 그녀를 존경하게 되었다.

사애리시 여사는 관순을 조용히 불러 '관순양이 공부하기를 원하면 내가 서울 이화학당에 보내줄 테니 우선 영명학교에서 교육을 받아보는 것이 어때요.' 하고 관순의 의향을 물었다.

관순의 아버지는 홍호학교를 경영하다 빚을 졌던 교육자였다. 그는 그 고장에서 고리대금업을 하던 일본인 고마다한테서 빚을 내 학교부채를 갚았으나 고리대금을 갚지 못해 집을 빼앗겨 관순은 학교에 다닐 수 없는 형편이었다. 아버지의 뜻을 잘

아는 관순은 그 이튿날 사애리시 여사를 따라 공주에 왔다.

사애리시 여사는 관순을 영명여학교 보통과에 입학시켜 2학년을 수료시켰다. 1916년 4월 3학년 초에 사애리시 여사는 약속대로 관순을 서울로 데리고 올라가 이화학당에 전학시켜 주었다. 관순은 이화학당에 전학한 후에도 방학때면 고향에 내려와 문맹퇴치에 앞장섰고 모교인 영명여학교에 찾아와 옛 선생님들과 벗들을 만나 서울이야기를 들려주고 선생님의 가르침을 받기도 하였다.”

선교사들은 주간 학교에서 한글을 가르치는 것이 성경을 가르치기 위한 목적이었지만 한글을 가르쳐 많은 한국인이 문맹상태를 벗어나게 하였다.
그것은 일제 강점기 계몽과 독립운동의 바탕이 되었고 해방 후에는 민주주의와 경제발전의 원동력이 되었다. 1910년 대한제국은 끝이 났지만 앨리스 샤프(사애리시)와 같은 선교사들을 통하여 교육과 신앙이 이어져갔음은 그 누구도 부인할 수 없는 사실이다.

1911년 6월 27일 서울 이화학당에서 열린 제 13회 연례 보고서에는 앨리스 샤프(사애리시)선교사의 선교 및 교육활동이 본격적으로 시작되었음을 알 수 있는 것은 ‘공주지구 전도사업 및 주간학교’라는 제목의 보고서에 올 해 했던 일을 한 단어로

표현한다면 그것은 건축이다. 지난해 정기 연회 이후 공주로
돌아와 이 일을 즐겁게 담당하였다.

　1912년 14차 감리교연회 회의록에 공주지역에 대한 앨리스
샤프(사리애시)선교사의 기록을 보면 "사경회를 통하여 한글을
깨치고 그리고 여성들이 깨어나고 있다." "문맹자들을 위해 읽
기 교육을 시켰다."라고 했다.

　그런데 1919년 3 .1 운동이 일어나기 전에 대중들의 깨우침
을 통한 민중운동을 감지한 일제는 1917년에 먼저 교회예배를
허가받지 않은 집회라며 금지시켰고 일본의 통제가 시작되고
있었다.
　일제는 1910년 무단통치를 시작하면서 언론, 출판, 집회, 결
사의 자유 등의 기본권을 박탈하였는데 종교집회라도 일일이
허가를 받아야만 하였던 것이다.

이런 어려움중에도 앨리스 샤프의 선교와 교육사업은 충청도 곳곳에서 이루어지고 있었는데 1928년에도 예배당을 세워 강경, 연산, 은진, 노성 지방을 순회하면서 사회복지활동, 유치원 설립 등의 업적을 남겼다.

'앨리스 샤프(사애리시) 선교사는 일제가 미국 선교사들을 강제 추방하던 1939년, 68세까지 공주와 주변 여학교와 부인 성경학교에서 가르치며 여성 선교와 교육에 헌신하였다.

1939년 9월 캘리포니아 파사데나 선교사촌에 은퇴, 정착하고, 1952년 미국 시민권을 받았으며 1972년 9월 8일에 101세로 소천하여, 파사데나의 납골묘원에 안치되었다.

이 글은 충청도지역에 대한 앨리스 샤프(사애리시) 선교사의 선교와 교육사업에 대한 지극히 간략한 부분을 요약하거나 발췌한 내용의 글임을 전하면서 캐나다인으로 내한 선교사 앨리스 샤프(사애리시)의 생애와 활동에 대한 개관적 내용을 소개하며 쓴 글임을 밝히며 캐나다에 거주하고 있는 한인들과 그 후손들에게 내한 캐나다 선교사의 헌신적인 업적들을 알도록 하는 것에 그 목적이 있다.

[참고 문헌]
• "기독교 대백과사전" 제 12권
• "이야기 사애리시" 임연철 지음
• "이야기 로버트 샤프" 윤애근, 임연철 지음
• "한국감리교 여선교회의 역사" 이덕주 지음
• "승당 임영신의 나의 40년 투쟁사"
• "한국 감리교회를 만든 사람들" 한국감리교회사학회 편
• "애국소녀 유관순양과 매봉교회" 홍석창 저

펄 벅

펄 벅(Pearl S. Buck, 1892~1973)
본명(펄 사이든스트리커 벅, Pearl Sydenstricker Buck), 중국명(싸이쩐추, 賽珍珠), 한국명(박진주, 朴眞珠)
미국의 소설가. 장편 첫 작품《동풍·서풍》을 비롯해 빈농으로부터 입신하여 대지주가 되는 왕룽을 중심으로 그 처와 아들들 일가의 역사를 그린 장편 소설《대지》등이 대표적인 작품이다. 또 미국의 여성 작가로는 처음으로 노벨문학상을 수상했다.

》》
우리가 많은 강대국의 틈바구니에 끼여 어느 정도 그들의 영향을 받는 것은 우리의 숙명이네. 받아들이고 거부하는 것, 접목하고 혼합하는 것, 그리고 우리 자신을 하나로 만들어 독립된 국가를 세우는 것이 우리의 과제네. 그러나 그 하나가 무엇이겠는가? 아, 그게 문제네! 나는 그것에 대답할 수가 없네. 그러나 이제 내 아이들을 위하여 해답을 찾아내야만 하네.

- 본문중에서

문학에서 인류애로
- 펄 벅의 삶과 그 위대한 유산

명 지원 (삼육대학교 교수)

들어가는 글 : 삶과 문학으로 인류를 품은 펄 벅의 길 위에서

펄 벅(Pearl S. Buck, 1892~1973)은 문학가로서 삶을 폭넓게 살며 인류애를 실천한 인물이다. 노벨문학상 수상자이며 인권운동가였던 그는 문명비평가요 역사비평가요 실천가였다. 그는 미국인으로서 특히 우리나라에 대한 깊은 애정을 행동으로 보여준 몇 안 되는 외국인 중 하나다. 유일한 박사와의 인연으로 시작된 그의 한국 사랑은 전쟁고아의 인권, 한국에 대한 국제적 인식의 제고, 인류애적 인도주의의 실천가로 인식되고 있다. 필자는 펄 벅이 인간과 사회와 역사를 바라보는 시각과 사상이 함축된 문장을 한국에 대하여 쓴 그의 저서 『살아있는 갈대』(1963) 33쪽에서 찾을 수 있었다. "우리가 많은 강대국의 틈바구니에 끼여 어느 정도 그들의 영향을 받는 것은 우리의 숙명이네. 받아들이고 거부하는 것, 접목하고 혼합하는 것, 그리고 우리 자신을 하나로 만들어 독립된 국가를 세우는 것이 우리의 과제네. 그러나 그 하나가 무엇이겠는가? 아, 그게 문제네! 나는 그것에 대답할 수가 없네. 그러나 이제 내 아이들을 위하여 해답을 찾아내야만 하네." '우리 자신을 하나로 만드는 것', '내 아이들을 위하여 해답을 찾아내야만 하는 것'이 그가 그토록 사랑했던 중국과 한국과 세상의 모든 약자들에게 보내는 질문이요 답이다.

이 글은 펄 벅의 삶과 그녀가 한국에 끼친 영향 그리고 아시아의 인간성과 현실을 세계에 알린 그의 삶과 의미를 조명함으로써, 그 해답을 찾아 하나로 만드는 작업이다.

펄 벅의 어린 시절과 성격 형성 : 이중문화, 신념, 그리고 내면의 갈등

펄 벅은 미국 웨스트버지니아주 힐스보로(Hillsboro, West Virginia)에서 태어났다. 그에게는 오빠 에드거와 여동생 그레이스가 있었다. 생후 3개월 만에 부모를 따라 중국 저장성 진강(鎭江)으로 건너가 유소년기를 농촌에서 보냈다. 그녀의 성장 배경은 단순한 해외 체류가 아닌 이중문화 속에서 정체성을 탐색해 가는 여정이었다.

가장 깊은 영향을 준 인물은 부모였다. 아버지 압살롬 사이든스트리커(Absalom Sydenstricker)는 철저한 기독교 근본주의자로, 신의 뜻이라면 가족의 고통도 감내해야 한다는 신념을 지닌 미국 남장로교 선교사였다. 그는 선교를 위해 가족을 정서적으로 돌보지 않고 무심했으며, 모든 문제를 선과 악으로 판단하는 성격이었다. 중국인들을 변화시켜야 한다는 기독교 선민의식과 미국문화의 우월성을 바탕으로 타문화에 대한 배려와 존중이 결여된 문화 제국주의적 사고를 가졌다. 이것이 딸에게 이질감과 거리감을 심어주었고, 후에 펄 벅이 미국으로 돌아와 미국 사회의 이중적이고 이율배반성을 비판할 때 자신이 경험한 전형적인 선교사들을 "편협하고, 냉혹하며, 식견이 없고, 무지하다."고 비판한 이유이다.

반면, 어머니 캐롤라인은 지적이고 감수성이 풍부한 여성이었으나, 여성이라는 이유로 자신의 재능을 펼칠 수 없었다. 남편의 강한 종교적 신념과 문화적 고립감 속에서 외로움과 우울감에 시달렸고, 이는 어린 펄 벅에게 여성의 한계와 침묵의 고통, 종교의 근본주의적 시각과 가부장문화가 전쟁과 인종차별, 폭력적 문화 사회적 이슈와 연계되어 있음을 인식하고 평생을 그러한 강고하고 구조화된 틀을 깨는 일에 헌신하도록 하는 동인이 되었다.

이처럼 극단적인 부부 사이에서 자란 펄 벅은 내면의 갈등과 깊은 사유를 일찍부터 품게 되었고, 이는 권위에 대한 비판적 시각과 인간에 대한 공감 능력, 자기 성찰적 성격을 형성하는 밑바탕이 되었다. 특히 아버지의 기독교 근본주의에 대해서는 평생 경계심을 유지하며, '사랑이 없는 신앙은 오히려 폭력'이라는 주장을 여러 작품과 글을 통해 드러내게 된다.

한편, 그녀가 살던 중국 사회는 전통 유교 질서에 기반한 가족 중심 공동체였지만, 서양 문물과 사상이 급속히 유입되며 큰 변화의 소용돌이에 휘말리고 있었다. 그녀는 가난한 농민과 여성, 하층민의 삶을 가까이서 지켜보았고, 그들 안에 깃든 변화에 대한 열망과 인간으로서의 존엄성을 어린 나이에도 알 수 있었다.

1900년 의화단의 난은 외세에 대한 중국인의 저항이 폭력적 형태로 분출된 사건이었는데, 펄 벅의 가족도 생명의 위협을 느끼며 숨어야 했다. 이 경험은 그녀에게 폭력, 배척, 종교적 독선에 대한 문제의식을 심어주었으며, '무엇이 진짜 신앙인가'라는 질문을 남겼다. 이어 1911년 신해혁명을 통해 청왕조가 붕괴되고 새로운 공화제가 수립되자, 그녀는 농민과 시민이 역사의 주체로 등장하는 것을 목격하며, 사회 개혁과 민중의 힘에 대한 신념을 품게 되었다.

격동하는 세기의 전환기에 펄 벅의 경험은 그를 단순히 이방인이 아닌, 동양인의 고통과 이상을 이해하는 내면적 감수성을 지닌 작가로 성장하는 데 결정적인 영향을 주었다. 이를 통해 오랜 중국 체제의 개혁 열망과 서구 제국주의 국가의 침탈 사이에서 균형 있고 비판적인 시각을 형성하게 된다. 이는 훗날 그녀의 문학, 인도주의 실천, 그리고 한국을 비롯한 아시아를 위한 활동에 뿌리가 된다.

펄 벅 문학 인생의 시작 : 지적장애 딸 캐롤

 펄 벅은 중국에서 성장한 후 1910년 미국으로 돌아가 남
부에서 몇 개 되지 않은 기독교계 랜돌프 메이컨 여자대학
(Randolph-Macon Woman's College)에 진학해 영문학을
전공하고 1914년에 졸업했다. 이 대학은 여느 여대와 마찬가
지로 이념적으로 공민으로서의 책임을 강조했다. 대학에서 펄
벅은 여성의 지적능력을 믿고 권장하는 남성들을 만났으며, 자
신을 독립 행위자로 보는 여성들, 자신의 재능을 가치 있게 여
기고 개인적 욕구를 정당하다고 보는 여성들 사이로 들어간 것
이다. 펄은 이 대학에서 자기 생애에 거의 처음으로, 자신의 성
별이 자신을 위축시키지 않고 오히려 용기를 준다는 것을 알았
다.

 학생 대부분이 남부의 백인 중산층 출신이었으며, 그들은 중
국에는 관심이 없었다. 펄 벅은 등교 첫날부터 유행에 뒤떨어
진 헤어스타일과 중국산 아마로 만든 옷을 입었으며, 이를 지
적당하자 상처받았다. 펄 벅은 대학에서 1912년 참정권 지
도자인 애너 하워드쇼 박사를 만나 여성 참정권 운동과 평등
권 조항 수정에 뛰어든다. 펄 벅은 대학생활에 놀랍도록 빠르
게 적응했는데, 대학생 문예잡지에 단편소설들을 발표하고, 마
침내 최고 수준의 여학생 클럽인 카파 델타의 회원으로 뽑혔
다. 대학 2학년에서는 반 총무로 뽑혔고, 3학년에는 반에서 회
장이 되었다. 1913년에는 브린아우어 여대에서 열릴 예정인

YWCA 회의에 참석할 대학 대표로 뽑혔다.

미국에서의 대학 생활은 그녀에게 서구의 가치관과 여성교육의 의미를 자각하게 해주었고, 동시에 중국과의 정서적 거리감을 체감하게 했다. 그녀는 성별 때문에 여성을 도외시하는 강인한 아버지 밑에서 자랐고, 여성의 굴종 외에는 공통점이 거의 없는 두 문화를 직접 경험했다. 펄 벅은 언어학과 문학과 같은 과목에서 제대로 교육을 받았으며, 다양한 역할을 맡고 상을 받으면서 거둔 학문적 성취를 통해, 그녀는 자신이 미국 동료들과 경쟁할 수 있다는 확신을 갖게 되었다.

하지만 그녀는 늘 마음 한켠에 자신이 자란 중국을 그리워했고, 1914년 졸업 후 선교사 자격으로 중국으로 돌아와 장쑤성 전장 소재 진강여자학교에서 영어와 문학을 가르쳤다.

1914년 선교사 및 교육자 커뮤니티에서 서구 사회에 중국 농촌 실상을 처음으로 체계적으로 소개한 농업학자 존 로싱 벅(John Lossing Buck)을 만났다. 로싱 벅은 미국 장로교 선교회 소속 파견 선교사였으며, 중국 농촌 지역의 실태를 조사하고 중국 농민의 생활 조건을 분석하는데 관심을 두고 농업조사와 연구를 통해 중국 농민들의 삶을 개선하는 일을 하였다. 둘은 1917년 결혼하여 안후이성 수현이라는 낙후된 농촌 지역으로 이주하였다. 로싱 벅은 농업 현장 조사를 위해 종종 지방을 순회했고, 펄 벅은 그와 함께 중국 농민의 삶을 더 깊이 이해하게 되었다. 이러한 경험은 훗날 펄 벅의 대표작 중 하나인 『대지(The Good Earth)』 저술에도 큰 영향을 준다.

결혼 생활은 펄 벅의 삶에 시련을 가져왔다. 남편은 조용하고 무뚝뚝했으며, 펄 벅의 내면적 고통과 지적 열망에 무관심해 지적 정서적 동반자보다는 외로운 여성으로서의 한계를 느낀다. 1920년 둘 사이에서 태어난 딸 캐롤(Carol)은 심각한 뇌손상이 있었고, 딸의 지적장애는 펄 벅에게 당시 장애 어머니에 대한 편견인 '엄마의 잘못된 행동', 또는 임신 중의 스트레스, 신의 심판 등 모성에 책임을 묻는 시선으로 감정적 충격과 육체적, 정신적 소모를 안겨주었다. 펄 벅에게 무엇보다 고통스러웠던 것은 남편이 장애를 가진 딸에 대한 아내의 고통에 무심했다는 것이다.

캐롤은 유아기부터 현저한 정신적 및 발달적 장애를 보였는데, 펄 벅은 이를 오랫동안 받아들이기 힘들어했고, 1924년에는 미국 존스홉킨스병원에서 의료 전문가들에게 여러 진단과 조언을 받았다.

점차 남편과의 관계는 정서적 단절로 이어졌고, 펄 벅은 혼자서 육아와 생계, 가사와 정신적 갈등을 감당해야 했다. 그러나 그녀는 이 고통을 침묵하지 않고, 글쓰기를 통해 치유하고 투쟁하기로 결심한다. 장애를 가진 어머니로서의 위치와 경험은 '소외된 존재'에 대한 깊은 공감을 형성하게 된 계기가 되었으며, 후일 그녀의 인권 및 복지 활동의 중요한 출발점이 되었다. 그는 낮에는 강의하고 밤에는 글을 썼으며, 이 시기가 그녀의 문학 인생의 시작이 되었다.

1920년대 전후와 후반에 중국은 극심한 사회적 혼란을 겪고 있었다. 청조가 무너지고, 신해혁명 이후 군벌 할거와 외세 개입, 농민 봉기와 도시 노동자들의 투쟁이 반복되었다. 상하이와 난징 등 주요 도시에서는 민중의 각성과 혁명 열기, 서구 제국주의에 대한 반발, 전통의 해체와 근대화의 모색이 뒤섞이며 문명 전환기적 격동이 펼쳐지고 있었다. 펄 벅은 이런 변화를 현장에서 직접 목격하며, 자신의 문학이 단지 이야기의 나열이 아니라 시대와 인간에 대한 기록이자 증언이어야 함을 깨달았다.

그녀는 이중문화 속의 혼란스러움, 가족 내 갈등, 장애 있는 딸로 인한 고립감, 그리고 사회 전체를 뒤흔드는 혁명의 파도 속에서 글쓰기를 통해 자신의 정체성과 존재 의미를 찾아갔다. 이 모든 개인적, 사회적 경험은 훗날 『대지(The Good Earth)』를 비롯한 걸작들로 승화되며, 세계인의 가슴에 동양의 진실한 목소리가 울려 퍼지게 만들었다.

펄 벅 문학 인생에 전환점이 된 사건은 1927년 3월의 난징사건이다. 당시 중국은 군벌 내전과 국민당의 북벌로 혼란한 시기였다. 국민당군이 난징을 점령하자 다수의 병사들이 서양인 거주지, 선교사 숙소, 교회, 병원 등을 습격해 약탈 및 살인으로 다수의 외국인 사상자가 발생했다. 난징대학교에 침입한 병사들은 난징대학교 부총장이었던 윌리엄 엘리엇(A. William Ella) 박사를 살해했다. 난징대학교 외국인 교원 거주지에 있다간 화를 면치 못할 것으로 판단한 펄 벅은 자신의 집에서 일하는 중국인 집으로 피신하였다. 펄 벅은 집집을 뒤지며 약탈하는 군인들의 문 두드리는 소리와 총소리에 공포를 느끼며 캐롤을 안고 숨 죽이고 있었다. 훗날 펄 벅은 『용의 씨앗 (Dragon Seed, 1941)』에서 이를 회고하며 살아남았다는 사실 자체가 기적 같았다고 기술한다.

펄 벅의 삶과 사상 : 문학에서 인권으로

펄 벅의 인생에서 중증 발달장애를 앓고 있는 딸 캐롤은 그의 존재론적 현실이었다. 1925년 이후 펄 벅은 몇 년 동안 치료와 회복 가능성을 찾아 다양한 의사를 찾아다녔다. 1927년 중국 군인들에게 습격당해 목숨을 잃을 뻔한 경험은 그녀의 세계관, 중국에 대한 복합 감정, 폭력과 인간성에 대한 통찰을 문학에 반영하는 계기가 된다.

펄 벅은 중국어와 영어에서 자유롭고, 동서양 두 문화의 이해가 시대의 과제임을 통찰했다. 그는 1930년 첫 소설 『동풍 서풍(East Wind: West Wind, 1930)』을 발간하여, 중국의 전통, 유교 문화, 가족 중심의 삶을 서구의 근대적 가치, 개인주의, 여성 해방을 주장함으로 문단과 미국 사회의 관심을 받기 시작했다. 1931년에 중국 농민의 삶을 생생하게 묘사하여 미개하고 기괴한 나라라는 서양의 무지와 편견을 깨뜨리는 『대지 (The Good Earth)』를 발표하여 미국 사회에 일약 스타 작가로 발돋음하였으며 대중적인 인지도를 쌓았으며, 이듬해 1932년에는 퓰리처상을 수상하였다.

1933년에는 13살이 된 캐롤의 복지를 위해 딸을 미국 내 전문요양시설에 맡긴다. 이어 1934년에는 일본의 만주침략과 만주국 건설 및 중국 정부와의 전쟁과 중국의 정치적 혼란, 미국 내 문학 활동의 필요성 등으로 인해 영구 귀국한다. 1935년 펄 벅은 로싱 벅과 이혼하고 그의 글과 삶을 가장 잘 이해하는 존 데이출판사의 리차드 월쉬와 재혼한다.

1938년 펄 벅은 노벨문학상을 수상하며 전세계적인 작가로 국제사회에 소개된다. 이후 펄 벅의 삶은 문학가로서 여성 인권, 장애 인식 개선, 반전 평화운동, 일곱 명의 자녀 입양을 비롯한 국제 입양사업에 목소리를 높이며 전문가로서 활동한다. 냉전시기 반전 운동의 선봉에 서서 전쟁과 핵무기 반대운동, 영국의 인도에서의 철수를 비롯한 제국주의 세력의 성찰에 대하여 목소리를 높인다. 이 결과 미국 FBI의 후버국장은 펄 벅의 엑스파일을 만들어 그가 공산주의자가 아닌지 조사한다.

『펄 벅 평전』[펄 벅: 문화 전기(Pearl Buck: Cultural Biography)]을 쓴 피터 콘은 그의 작품이 단순한 '소설'이 아니라, 역사와 사회와 인간을 향한 도덕적·문화적 선언임을 강조하며, "펄 벅은 공적 지식인(public intellectual)으로서 대중과 끊임없이 대화한 작가."라고 평가한다.

이율배반의 나라 미국 : 펄 벅이 생애 내내 자신의 나라로부터 요주의 인물이 된 이유

펄 벅은 미국 정부를 그의 생애 내내 비판하였다. 어느 경우는 비난에 가까웠다. 말과 행동이 다른 이율배반적인 행태를 국내와 국외 정치에서 감행한다는 것이다. 펄 벅은 이를 파시즘이라고 불렀는데, 펄 벅은 파시즘의 등장이 독일만의 현상이라고 보지 않았다. 그는 미국이 점점 파시스트정권을 닮아가고 있다고 비판하였다.

펄 벅이 소설과 칼럼, 각종 강연과 미디어를 활용하여 대중과 소통하며 제기한 문제의 핵심은 미국 정부가 국력과 그 위상에 걸맞지 않게 말과 실천이 따로따로라는 것이다. 미국의 막강한 국력을 바탕으로 무기를 사용하여 타국의 정치에 관여하고 평화를 이야기하면서 전쟁을 하고, 정작 자국 내의 인종차별, 여성차별과 같은 사회적 모순을 해결하는데는 소극적이라는 것이다. 그의 목소리는 강력해서 〈뉴욕타임스〉를 비롯한 거의 모든 언론의 주목을 받았다.

1946년 크리스마스에 펄 벅은 인종 편견을 다룬 글 '아이들이 관대해지기를 원하십니까?(Do You Want Your Children to Be Tolerant?)'라는 글을 썼다. 발행 부수 300만 부인 〈베터 홈스 앤 가든스〉 1947년 2월호에 실린 이 글에서 펄 벅은 "유색 인종의 아이들이 교실에 받아들여지지 않는다면, 아무리 학교에서 뭔가를 가르친다고 해도 아이는 관용을 배우지 못할 것"이라고 미국의 인종차별 정책을 공격했고, 도덕적 지도력을 발휘하지 못하는 정치가와 성직자를 똑같이 비판했다. 그들이 정치 도의와 성경의 가르침대로 하지 않고 입을 다물고 있다는 것이다. 심지어 펄 벅은 "세계는 유색인종으로 가득하다. 아프리카는 모든 종류의 생명과 자원, 역사, 문명, 언어와 예술, 과거와 현재가 풍부한 대륙이며, 우리 서양 교육이 훨씬 오래되고 어떤 면에서는 훨씬 중요하고 가치 있는 흑인 문명보다 비교적 단명한 그리스와 로마 문명을 더 강조하는 것이 이상하다."고 말했다.

펄 벅은 1946년 냉전의 시작을 상징하는 역사적 전환점으로 평가되는 '철의 장막(Iron Curtain)'을 언급한 처칠 수상을 지속적으로 비판하였다. 처칠에게 시대의 변화를 읽으라고 하면서 제국주의의 횡포와 폭력의 종언을 예고했고, 인도의 독립을 촉구하며 대중에게 지도자로서의 간디를 주목받게 하는 일에 앞장섰다. 영국이 인도와 식민지에서 저지른 학살과 끝까지 인도 독립을 방해하는 제국주의 영국과 손을 잡지 말고 고립시킬 것을 주장하였다.

반면 중국에 대해서는 중국은 미국이나 서구 사람들이 생각하는 기괴한 나라가 아니며, 오랜 민족 고유의 전통을 가진 나라임을 강조한다. 펄 벅은 신해혁명을 이끌었던 손문의 부하 장제스의 리더십은 현대 중국을 이끌기에 부족하며, 미국이 장제스를 지원하는 데 문제가 있음을 지적한다. 펄 벅은 레닌에 대한 합리적인 평가를 주문했으며, 스탈린의 잔인한 통치와 왜

곡된 공산주의에 대하여 비판했다. 그는 마오쩌뚱의 노선이 이념 중심의 사회주의 체제로 개인의 자유와 사상을 억압하고, 문학 교육 종교 등 사상의 통일과 통제로 인한 인간성 억압을 우려하며, 문화혁명(1966-1976) 전후의 반지식인·반지성주의 분위기에 강한 반감을 드러냈다. 지식인의 침묵과 탄압, 고전문화 말살은 그가 가장 소중히 여긴 중국문화의 정수를 무너뜨리는 것이라 판단하였다. 이 지점에서 펄 벅은 자신의 이상과 중국의 현실 사이에서 중국 인민의 현실과 이상 사이의 괴리에 고통스러워 한다. 마오쩌뚱 정권 하에서 더 나아진 삶을 살기보다는 '집단화된 빈곤과 억압' 아래 고통받고 있는 중국의 농민, 여성, 아동 등 소외계층의 현실을 바라보며, 그들이 또 다른 권력의 희생양이 되었다고 평가하고 있다.

펄 벅은 권력의 횡포, 즉 국가든 기업이든, 그 무엇이든 인간을 억압하고 인간의 존엄성을 훼손하는 것에 대하여는 거의 모든 것에 대하여 비판하였다. 그가 FBI와 정치권 극우 정치인들의 수사와 비난으로 인한 피해를 빗겨갈 수 있었던 것은 그의 대중적 인지도와 그를 지원하는 유력 인사들과의 친분 덕분이었다. 펄 벅은 미국에 정착한 1934년 이래로 프랭크 루스벨트 대통령 영부인 엘리너 루스벨트와 가까운 동지 입장에서 지냈다. 존경받는 명사인 엘리너 루스벨트는 거의 모든 일에 있어서 인간적이고 동지애적 사고를 가진 서로 존경하는 친구같은 존재였다. 펄 벅의 일관된 주장과 메시지, 인간적인 신뢰가 펄 벅이 가진 삶의 무기였다.

그의 삶의 목소리와 큰 영향력으로 인해 1940년대 후반에서 1950년대에 〈Ladies' Home Journal〉, 〈Time〉, 〈Life〉, Gallup Poll 등 미국 언론 및 여론 조사 등에서 실시한 '당대 가장 영향력 있는 여성' 순위 조사에서 펄 벅과 엘리너 루스벨트는 항상 상위권에 있었다.

펄 벅이 미국 여성 중에서도 '가장 영향력 있는 인물'로 꼽힌 이유는, 노벨문학상 수상 (1938)으로 아시아계 주제를 다룬 최초의 수상과 국제적 명성, 문학과 인권의 통합으로서 '혼혈아', 여성, 장애아, 농민 등 소외된 이들에 대한 문학적 조명, 일곱 명의 아동을 입양하였으며 Welcome House(1949)와 Pearl S. Buck Foundation(1964) 설립 등 아동복지운동을 선도적으로 펼친 공로, 글로벌 영향력으로서 중국·한국·필리핀 등 아시아를 중심으로 국제적 인도주의를 실천했다는 것이다.

사회활동가 펄 벅 : 인생의 마지막 불꽃 '국제적인 입양 사업'

미국의 1940, 1950, 1960년대 이슈는 냉전 이슈와 핵전쟁, 글로벌 경찰(Global Police)로 나선 미국의 아시아 파병이다. 1940년대와 1950년대에 걸친 매카시즘 논쟁으로 미국사회가 급격히 우경화된 현실에서 미국 사회를 날카롭게 비판하는 펄 벅은 정보기관의 밀착 감시 대상이었다.

1950년에서 1953년까지의 6.25 한국전쟁은 펄 벅의 1950

년대 활동과 미국 사회에 대한 이슈 제기에 큰 영향을 끼쳤다. 그는 전쟁 반대 목소리와 함께 한국, 일본, 오키나와, 타이완, 필리핀, 베트남에 파병한 미군과 현지 여성에게 태어난 다인종 혼혈(Multiracial) 또는 다문화 혼혈(Multiethnic / Multicultural)[과거에는 '혼혈아'라고 불림. 한국에서는 '다문화가정 자녀', '다문화 배경 아동', '다문화 혼혈'이라고 불리며, '혼혈'이라는 단어는 부정적이고도 차별적 뉘앙스가 있어서 점차 자제하는 분위기]에 대한 미국 정부와 사회의 관심을 촉구하며, 본격적인 입양복지사업에 나섰다. 펄 벅은 1949년 이를 실천으로 옮겨 혼혈아동과 국제입양을 지원하기 위한 'Welcome House'라는 입양복지기관을 설립한다.

펄 벅은 『자라지 않는 아이(The Child Who Never Grew)』(1950)를 통해 자신이 장애를 가진 딸 캐롤을 두었으며, 사회적 편견을 비판하고, 장애아 어머니의 죄책감, 슬픔, 모성적 본능을 솔직하게 밝히며 장애아를 숨기지 말고 함께 살아가는 사회를 만들자고 호소한다. 당시 공인이 공개적으로 장애아를 두었다고 밝히는 경우가 없었기 때문에 이는 큰 사회적 이슈가 되었고, 장애에 대한 인식을 한 단계 나아가게 하는 계기가 되었다.

사회적 약자와 관련된 문제와 관련된 이슈는 거의 모든 것에 관여하고 견해를 밝혀온 펄 벅의 1950년대 주요한 관심사 중 하나는 동서냉전으로 인한 핵무기 경쟁의 중지를 위한 반전운동이었다. 이에 대한 극우주의자들의 반대 목소리는 펄 벅을 공산주의자와 빨갱이로 낙인 찍는 것이었다. 펄 벅은 저서와 글을 통해 중국 공산당에 대한 비판을 통해 자신은 공산주의자가 아님을 공개적으로 선언하여 선전선동에 맞섰다.

펄 벅은 또한 1945년 2차 세계대전의 종전을 가져온 일본 히로시마와 나가사키의 핵폭탄 투하로 인한 피해자들의 미국에서의 치료문제에 앞장섰다. 펄 벅은 1960년 자신의 저서 『거대한 파도(The Big Wave)』를 영화화하기 위해 촬영하는 일본 방문 때 원폭 피해 행사와 피해자 및 관계자들을 만났다.

일본 방문을 마친 펄 벅은 1960년 6월 한국을 방문하여 '혼혈아'들과 전쟁고아들의 열악한 수용 실태를 알게 된다. 그는 서울, 대전, 군산 등 혼혈 고아 시설, 병원, 복지기관을 방문하여 혼혈아 및 전쟁고아 실태 파악, 향후 지원 활동을 위한 조사 활동을 벌였다. 이는 단순한 행사나 문학 관련 초청이 아닌, 펄 벅이 직접 '혼혈아'와 전쟁고아들의 생활환경을 보고 듣기 위해 철저히 준비한 일정이었다.

펄 벅은 한국 방문에서 유일한을 만난다. 유일한과 펄 벅이 미국에서 만난 상황은 다음과 같다. 유한양행을 창립하여 큰 사업가가 된 유일한을 일제는 그가 독립자금을 댄다고 의심하였다. 한국 최초의 백만장자 유일한은 존재 자체가 일본제국주의 불법성의 상징이었다. 미주에는 다양한 명목의 독립운동자금 모금이 있었으며, 유일한은 매년 2,200달러의 독립운동 자금을 냈다. 1941년 돌연 미국행을 선택한 유일한은 재미한족연합위원회의 집행부의 집행위원으로서 1942년 맹호부대 창설을 주도한 후, 150여 명의 맹호군에 포함되어 훈련에 돌입한다. 1941년 12월 일본의 진주만 폭격 이후 미국을 침략한 일본이 침략한 나라라는 동질인식, 조선과 중국을 잘 알고 언어 능력이 탁월한 사람으로서 펄 벅과 유일한이 미국 CIA의 전신 전략정보국(OSS, Office of Strategic Services) 요원으로 만난다.

피터 콘의 『펄 벅 평전』에는 펄 벅이 미국에서 유일한을 만나는 장면이 두 번 나온다. 이들이 이미 알고 있는 사이였다. 이 둘의 만남은 한국 현대사 속 '가장 인도주의적인 두 인물'의 만남이라는 점과 이들의 만남으로 한국 입양복지 정책과 한국 정부의 관심에 터닝포인트가 되었다는 의의가 있다. 유일한은 유한양행 공장터를 펄벅 재단에 제공하여 부천 소사희망원을 건립한다. 편견과 차별 속에서 상처받던 아이들을 위한 보금자리가 마련되었다.

펄 벅과 유일한은 입지전적인 인물이요, 유일한은 한국 최초의 백만장자로서 펄 벅과 공통의 관심사를 가진 실천하는 사회사업가요 이상주의자였다. 두 사람 모두 혼혈아, 전쟁고아, 빈곤 아동 등 소외된 사람들의 교육과 복지 문제에 깊이 헌신한 인물이다. 유일한은 한국의 교육·제약 사업 선구자, 자선사업과 사회 환원 활동에 집중하였고, 펄 벅은 혼혈아 및 아시아계 아동을 위한 국제 입양과 복지 활동 추진 중이었다. 이들의 만남은 한국 사회 복지와 교육을 위한 협력 가능성을 타진한 역사적 만남으로 평가된다. 펄 벅은 당시 중앙일보 인터뷰와 회고 자료에서 "한국에는 따뜻한 가슴을 가진 지도자들이 있습니다. 유일한 박사 같은 분은 미국에도 소개하고 싶은 모범적인 인물"이라고 유일한을 평가하고 있다.

펄 벅은 미국에 돌아가 한국 '혼혈아동' 지원을 위한 프로젝트를 적극 추진한다. 이후 펄 벅 재단은 한국 사회에서 더 활발히 활동하게 되고, 유일한 박사 역시 펄 벅과의 만남을 매우 높이 평가했다. 이후 펄 벅은 1964년에 혼혈아동과 빈곤 아동 지원, 교육, 의료, 생계 지원 프로그램 운영, 차별받는 아시아계 혼혈아의 인권을 보호하는 일을 목적으로 하는 '펄 벅 재단'(Pearl S. Buck Foundation)을 설립한다. 1965년 '펄 벅 재단 한국 지부' 설립을 시작으로 필리핀(1967), 태국(1969), 베트남(1973), 중국(1991), 대만(1999)에 설립되어 각 나라의 사회문화적 상황에 맞게 사업을 전개하고 있다.

한국에서의 '펄 벅 재단 한국 지부'가 활동을 시작하는 데는 유일한은 펄 벅의 정신을 한국 사회에서 구현한 '현지 파트너'였다. 유일한은 펄 벅의 입양사업에 물심양면 지원했는데, 펄 벅의 혼혈아동 실태 조사 활동에 동행하거나 관련 시설 방문을 도왔고, 유한양행의 자원과 네트워크를 활용해 펄 벅의 계획이 현실화될 수 있도록 지원했다. 초기 재정 지원과 후원자 네트워크 연결을 통해 유일한은 펄 벅의 입양 및 복지 프로그램이 한국 사회에서 자리를 잡도록, 자신의 영향력을 활용해 기업 후원자, 의료·교육계 인사들과의 연결을 도왔다. 한국 내 혼혈아동 보호소 기반 마련을 위해 펄 벅은 군산 등지에서 혼혈아와 미혼모 자녀들을 위한 보호시설을 세우고자 했는데, 유일한은 이에 필요한 물품, 의료, 생활지원 등을 유한양행 차원에서 제공하기도 했다.

펄 벅은 1892년 생후 3개월 만에 선교사 부부인 부모에 의해서 중국에서 살게 된 후, 1910년 대학 입학을 위하여 미국에 입국하고, 1914년 대학 졸업 후 중국으로 돌아가 1934년 미국에 영구 정착하기 위해 중국을 떠나기까지 그의 삶과 인식은 중국인이요 중국식으로 꼴지어졌다. 동양과 서구문화의 양쪽에서 서양의 오리엔탈리즘의 폐해를 경험하고 편견이 만드는 국가 간 사회 간 개인 간 폭력과 갈등을 해소하며, 사회적 변화와 긍정적 영향을 끼치는 사람, 단순히 혁신을 추구하는 사람이 아니라, 더 나은 세상을 만들기 위해 실천하는 주체(changemaker)였다.

펄 벅과 유일한의 만남은 동양과 서양의 changemaker가 만난 역사적 협력으로 이어졌다. 펄 벅의 눈과 손이 닿지 못하는 곳에서 현실을 연결하고 실행해 준 조력자였다. 이런 협력을 통해 펄 벅은 한국에서 혼혈아동, 다문화가정, 고아 문제 해결의 구체적 기반을 마련할 수 있었다. 펄 벅과 유일한의 협력을 통한 한국 입양사업의 발전과 현황은, 해외 동포사회에서 뜻을 모으는 방식의 고귀한 선례가 아닐 수 없다. 펄 벅의 인류애가 한국 사회의 많은 것을 바꾸었다.

'펄 벅 재단 한국 지부'가 하는 사업은 첫째, 아동 청소년 복지사업의 경우 교육지원으로 저소득·다문화가정 아동에게 학습비, 급식비, 교복비 지원, 아동 정서지원은 심리상담, 예술치료, 멘토링 프로그램 운영, 문화체험은 박물관·공연 관람, 진로탐색 등 다양한 체험활동을 제공한다. 둘째, 다문화가정 지원사업은 부모교육은 이주여성 대상 부모교육, 양육정보 제공, 한국어교육은 한국어 학습 교실, 문화적응 교육, 자조모임은 다문화 가정 부모·아동 간 소통 네트워크 형성에 주력한다. 셋째, 지역복지 연계사업은 커뮤니티센터는 지역 내 복지기관·학교와 협력하여 지역 기반 서비스 운영, 자원봉사 프로그램은 대학생·시민 자원봉사자 교육 및 활동 연계, 후원자 네트워크는 아동 1:1 결연, 정기후원 연계, 투명한 기부 시스템 운영에 주력한다. 넷째, 기념관 운영 및 인식개선 활동은 펄 벅 기념관은 군산에 위치한 펄 벅 기념관 운영(교육·전시·추모 공간), 캠페인은 '소리 없는 사랑' 캠페인 등 인도주의·다문화 인식 개선 활동, 출판 및 연구는 펄 벅 정신을 알리는 자료 발간, 아동복지 관련 연구를 진행한다.

한국펄벅재단은 '현장 밀착형 통합 복지'가 특징인데, 단순한 경제적 지원을 넘어 교육, 심리, 문화, 가족, 지역사회까지 연결하는 '통합형 복지 모델'을 실현하고 있다. 동남아여성의 결혼을 비롯한 이주노동자들의 급증에 따라 특히 다문화가정의 자립 역량 강화와 인식 개선에 집중하고 있는 점이 특징이다.

펄 벅은 가고 없지만, 그가 남긴 유산은 살아있으며, 약자를 위한 사회적 연대의 가치를 평생 삶의 신조로 한 펄 벅의 희생이 소중하고 고마운 이유이다.

펄 벅의 『살아있는 갈대』: 우리 민족의 고통과 존엄을 그린 대서사

1963년 출간된 펄 벅의 장편소설 『살아있는 갈대(The Living Reed)』는 한국을 배경으로 한 유일무이한 서사로, 그녀의 한국에 대한 깊은 이해와 애정, 그리고 자유와 인간 존엄에 대한 문학적 신념이 빛나는 작품이다.

필자는 이 글의 시작 부분 '들어가는 글'에서 펄 벅이 인간과 사회와 역사를 바라보는 시각과 사상이 함축된 문장을 『살아있는 갈대』(1963)에서 찾았다. "우리가 많은 강대국의 틈바구니에 끼여 어느 정도 그들의 영향을 받는 것은 우리의 숙명이네. 받아들이고 거부하는 것, 접목하고 혼합하는 것, 그리고 우리 자신을 하나로 만들어 독립된 국가를 세우는 것이 우리의 과제네. 그러나 그 하나가 무엇이겠는가? 아, 그게 문제네! 나는 그것에 대답할 수가 없네. 그러나 이제 내 아이들을 위하여 해답을 찾아내야만 하네."

이 소설은 약 60여 년 전, 세계 문학계에서 한국의 독립운동사를 중심으로 한 첫 본격 소설이라는 점에서 그 자체로도 문학적·역사적 의의를 지닌다.

작품의 중심에는 1910년대 일제강점기부터 1945년 광복 전까지 격동의 한국 현대사가 흐르고, 그 안에서 살아가는 한 지식인 가족의 이야기가 전개된다. 소설은 주인공 '일한'과 그의 아버지를 중심으로 펼쳐지는데, 일한은 허구의 인물을 넘어 실

존 인물인 유한양행 창립자 유일한을 연상케 한다. '일한'은 해외 유학 후 돌아와 조국의 독립과 민중의 계몽을 위해 헌신하는 인물로, 자본과 지식, 양심을 바탕으로 삶을 일구어가는 그의 모습은 '실천하는 지식인'의 상징으로 그려진다.

펄 벅은 이 소설을 통해 한국이라는 나라가 단지 전쟁과 분단의 역사를 가진 비극의 땅이 아니라, 끊임없는 억압 속에서도 민족적 자존과 생명력을 지닌 '살아있는 갈대' 같은 민족임을 상징적으로 보여준다. '갈대'는 외세의 폭력과 시대의 바람에 흔들리지만 꺾이지 않는 한국인의 정체성과 회복력을 상징한다. 그녀는 한국을 단순히 외국인의 시선에서 바라보지 않고, 오랜 체류와 인도주의 활동을 통해 얻은 현장감과 역사 인식으로 입체적으로 묘사한다.

특히 펄 벅은 한국 근대사 속 민족운동, 유교 문화, 식민지 시기의 갈등, 가족의 윤리와 갈등 구조, 민중의 고통까지 깊숙이 파고들며, "외국 작가가 이 정도까지 한국을 이해할 수 있을까"라는 감탄을 불러일으킬 정도의 해박한 역사 인식을 보여준다. 그녀는 단순한 관찰자가 아니라, 한국인의 고통에 연대하며 문학적 언어로 '세계에 알린 증언자'였다.

『살아있는 갈대』는 오늘날에도 여전히 유효한 질문을 던진다. "한 민족의 존엄은 어디에서 오는가?" "진정한 독립과 자유는 무엇을 의미하는가?"라는 물음은, 지금도 세계 여러 곳에서 겪고 있는 억압과 저항, 자유와 정의의 문제를 되돌아보게 한다. 무엇보다 〈애국지사 이야기〉를 9권까지 펴낸 캐나다 한인

공동체의 동포사회와 특히 우리 젊은이들이 곱씹어야 할 질문이 아니겠는가.

따라서 이 소설은 단지 한국을 배경으로 했다는 점에서 의미 있는 것이 아니라, 한국을 '살아있는 정신'으로 이해하고, 그것을 문학으로 승화시킨 펄 벅의 세계문학적 성취로 평가해야 한다. 『살아있는 갈대』는 오늘날에도 여전히 한국인의 정신과 정체성을 되새기게 하는 소중한 문학적 유산이다.

여기서 앞서 소개한 『살아있는 갈대』의 문장을 곱씹을 필요를 느낀다. "우리가 많은 강대국의 틈바구니에 끼여 어느 정도 그들의 영향을 받는 것은 우리의 숙명이네. 받아들이고 거부하는 것, 접목하고 혼합하는 것, 그리고 우리 자신을 하나로 만들어 독립된 국가를 세우는 것이 우리의 과제네. 그러나 그 하나가 무엇이겠는가? 아, 그게 문제네! 나는 그것에 대답할 수가 없네. 그러나 이제 내 아이들을 위하여 해답을 찾아내야만 하네." 이 말에 대하여 이어진 이야기에서 일한이 낳은 둘째 아들의 한 쪽 귓불이 다른 쪽 귓불과 달리 약간 접힌 것을 불안해하는 아내와의 대화에는 삼신할머니 이야기가 나온다. 일한의 말을 빌려 펄 벅은 "그의 아버지는 죽은 자들에 대해서는 긍지를 가지고 있으나 살아 있는 사람들에 대해선 까탈스러웠다. 이것이 조선의 불행이었다… 미래를 위해 아들을 낳건만 과거를 꿈꾸며 살아가는 것이다."라고 한다. 그리고 일한이 삼신할머니를 섬기는 상징인 '실과 종이, 헝겊'을 방바닥에 내동댕이 친다. 이것은 미신에 찌든 조선인이 과거를 버리고 미래로 향하는 개혁과 개척의 정신을 의미하는 것이다.

펄 벅이 『살아있는 갈대』에서 말한 과거는 현재의 문제를 해결하고 미래로 나아가는 우리 민족의 앞길을 방해한다. 2024년 12월 10일, 스웨덴 스톡홀름에서 노벨문학상 수상자 한강은 수상 강연을 하며 이와 같이 말한다. "과거가 현재를 도울 수 있는가?" "죽은 자가 산 자를 구할 수 있는가?" 작가 한강은 또 말한다. "인간은 어떻게 이토록 폭력적인가? 동시에 인간은 어떻게 그토록 압도적인 폭력의 반대편에 설 수 있는가?" 한강 작가가 말한 과거는 우리의 현재를 돕고 미래로 나아가게 한다.

펄 벅의 작품 중 한국이 언급되는 또 하나의 작품이 있다. 펄 벅의 동화 『매튜, 마크, 루크, 존』(1966)은 한국인 어머니와 미군 아버지에게 버림받은 네 명의 혼혈아 이야기다. 이들은 전쟁의 상처와 사회의 편견 속에서 서로를 의지하며 살아가고, 결국 사랑과 연대를 통해 정체성과 희망을 되찾는다. 1963년 『살아있는 갈대』 출간과 1964년 펄 벅 재단 설립, 그리고 1965년 한국 지부 출범 직후 출간된 이 동화는 펄 벅의 입양운동 철학을 함축한다. 책 제목에 사용된 네 명의 이름 매튜, 마크, 루크, 존은 신약성경 4복음서 마태복음, 마가복음, 누가복음, 요한복음 저자의 영어식 발음이다. 네 명은 저자이자 예수의 제자로, 기독교적 사랑과 구원의 메시지를 담고 있다. 이 책은 한국 사회에 대한 감사와 '혼혈아'와 전쟁고아에 대한 관심을 촉구하는 메시지를 전하는 문학적 선언이자 인도주의 실천의 상징이다.

펄 벅이 한평생 외친 사회적 연대와 사회정의를 실천하는 길
은 한인공동체와 젊은이들이 '펄 벅의 과거'와 '21세기 펄 벅'
'작가 한강의 과거'를 연결하기 위해 연대하는 것이다. 오늘 여
기까지 우리를 올 수 있게 한 과거를 기억하고 죽은 자들을 기
억하는 용기 있는 시민의 길이 우리 앞에 있다.

나가는 말 : 인류애의 문학, 연대의 유산을 이어가는 우리에게

펄 벅은 언어와 국적, 문화와 이념의 경계를 넘은 행동하는
작가이자 인도주의자이다. 그녀의 문학은 동양과 서양 사이에
가로놓인 오해와 편견의 벽을 허물었고, 그녀의 삶은 고통받는
이웃과 함께하며 진심으로 연대한 여정이었다.

특히 한국은 그녀에게 문학적 영감의 대상이자 인도주의 실
천의 현장이었으며, 『살아있는 갈대』는 그 깊은 애정을 문학으
로 증언한 소중한 기록이다. 그녀는 한국전쟁의 상처 속에서
태어난 전쟁고아와 혼혈아동들을 외면하지 않았다. 유일한 박
사와의 만남은 그녀의 한국에 대한 사랑과 책임감을 더욱 구체
화한 계기였으며, '펄 벅 재단 한국 지부'의 설립은 그녀의 신
념을 제도화한 대표적 결실이다. 그녀는 이 땅의 소외된 아이
들을 위해 고아원과 보호소를 만들었고, 국제입양이라는 새로
운 가능성에 앞장섰다. 단지 도움을 주는 후원자가 아니라, 함
께 살아가는 동반자가 되고자 한 그녀의 실천은 오늘날에도 여

전히 유효한 메시지이다.

펄 벅은 끊임없이 세상에 물었다. "우리가 진정한 독립과 존엄을 이루기 위해 무엇을 해야 하는가?" 그녀가 남긴 이 물음은 이민자로 살아가는 한인 디아스포라 공동체에게도 동일하게 주어지는 질문이다.

캐나다에 뿌리내리고 살아가는 한인공동체가 정체성과 책임을 동시에 품은 세계시민으로 살아가기 위해, 잊지 말아야 할 사실이 있다. 진정한 연대란 단지 기억하는 것이 아니라, 기억을 행동으로 실천하는 것이라는 점이다.

이제 우리가 할 일은 명확하다. 펄 벅의 문학이 품었던 사랑과 연민, 그녀의 실천이 보여준 책임과 용기를 기억하며, 다문화와 사회 정의의 가치를 실천하는 한인공동체로 살아가는 일이다. 인종, 언어, 배경이 달라도 사람은 모두 존엄한 존재이며, 차별받는 이웃의 목소리에 귀 기울이는 일이야말로 우리가 다음 세대에게 남겨줄 수 있는 가장 값진 유산이다.

『애국지사 이야기』 제9권은 단지 과거를 되새기는 책이 아니다. 그것은 우리가 지켜야 할 정신이자, 우리가 만들어가야 할 미래에 대한 선언이다. 펄 벅이 그랬듯, 우리도 행동하는 지식인, 따뜻한 실천가로 살아가야 한다. 그녀가 우리에게 보여준 사랑은 아직 끝나지 않았다. 이제 그 사랑을 우리의 삶으로 이어가야 할 시간이다.

아치발드 바커

아치발드 바커(Archibald H Barker) (1879~1927), 한국명: 박 걸
바커는 1879년 11월 23일 뉴브런즈윅 선베리 카운티 셰필드 아카데미에서 태어났다. 그는 뉴브런즈윅 대학교에서 학사학위를 취득하고, 토론토 대학 낙스 칼리지를 졸업하였다. 그는 1908년 Miramichi Presbytery에서 목사로 안수받았다. 그는 1908년 퀘벡주 Pointe a la Garde에서 목사로 일했다. 1909년 부인 레베카(Rebecca B. Watson)와 결혼한 뒤 1911년에 캐나다 장로교 선교사로 한국땅에 들어왔다. 이후 1912년 2월에 함경도 회령에서 새롭게 설립된 교회와 학교에서 목회 활동을 시작했다. 1913년에 북간도 용정 선교지부를 최초로 개척하고, 은진 중학과 명신여학교를 설립하여 여성 교육, 한글, 국사 교육에 힘쓰고, 민족정신을 고취하도록 뒷받침하였다. 1919년 3.13간도 용정 만세운동에서 부상자를 치료하고 독립운동가들의 활동을 지원해주었다. 1920년 경신 참변에서 벌어진 일제의 학살과 만행을 서울 캐나다 선교본부와 영국대사관에 그 실상을 알렸다. 1968년 대한민국정부는 그의 공로를 인정하여 독립 유공자(독립장)로 지정했다.

》》

독립 운동가 강봉우가 반일 운동 지원을 요청하자 이에 바커는 흔쾌히 동의하며 "이것은 절호의 기회입니다." "많은 사람들이 의견을 나누었지만, 저도 동의합니다." 라고 강봉우를 격려하였다.

대한의 독립 운동을 도왔던 캐나다 선교사, 아치발드 바커(Archibald H Barker)(1879~1927)

- 북간도 용정 3.13만세운동과 경신참변을 중심으로

이 남수 (이사, 역사가)

들어가는 글

3년 전 우연한 기회에, 토론토에 있는 비전 펠로우십, 캐나다 내한 선교사 박물관을 방문하게 되었다. 여기에서 우리 근현대사에 관련된 캐나다 내한 선교사들의 활동과 역사를 알게 되었다. 특별히 그들이 함경도, 북간도 지역 선교활동을 하면서 대한 독립운동을 뒤에서 지원하고, 장소를 제공하고, 독립운동으로 다친 사람들을 치료해 주고, 특별히 일제의 만행을 사진과 기록을 통하여 전 세계에 알려왔다는 것이었다. 그리하여 대한민국 정부는 내한 선교사 6인에게 독립 유공자들에게 주는 훈장을 수여했다. 한국사를 전공했지만, 처음 듣는 사실이었다. 그들의 활동 내용과 헌신을 알게 되면서 캐나다 선교사들에 대한 깊은 감사를 느꼈다. 대한독립운동에 대한 그들의 특별한 조선사랑의 헌신과 공로를 알릴 필요를 느꼈다.

'파란 눈의 독립운동가' 특별전. 캐나다인 5명 헌신 조명

　3·1운동 100주년을 맞는 2019년, 서울시는 국적을 떠나 한국의 독립과 발전에 함께 힘을 보태고 일제의 만행을 세계에 알린 '파란 눈의 독립운동가'들을 재조명하는 전시가 열렸다. 이번 전시는 인도주의를 바탕으로 한국인의 독립 정신을 함께 지키고 의료봉사와 학교설립 등으로 우리나라 발전에 힘을 보탠 5명의 캐나다인의 헌신을 기억하기 위해 마련됐다. 5명은 '34번째 민족 대표'로 불린 프랭크 스코필드(Frank W. Schofield, 1889~1970), 영국에서 '한국친우회'를 조직해 한국의 독립운동을 후원한 프레드릭 맥켄지(Frederick A. Mckenzie, 1869~1931), 병원, 학교, 교회 등을 설립하며 애국계몽운동을 추진한 로버트 그리어슨(Robert G. Grierson, 1868~1965), 북간도 용정에서 독립 만세운동 사상자 치료와 희생자 장례식을 개최하고 경신참변(1920) 당시 한인 피해 상황을 국제사회에 폭로한 스탠리 마틴(Stanley H. Martin, 1890~1941), 용정 선교지부를 개척하고, 은진중학과 명신여학교를 설립하여 여성 교육, 한글, 국사 교육에 힘쓰고, 1919년 3.13간도 용정 만세운동과 1920년 경신 참변에서 벌어진 일제의 학살과 만행을 서울과 캐나다 선교본부와 영국대사관에 그 실상을 알린 아치볼드 바커(Archibald H. Barker~1927)다. 이에 앞서 고종을 보필하면서 제 4대 제중원 원장을 지내고, 세브란스 의전과 연희전문학교(연세대학 의

과대학)들을 세워서 초기 한국의 의료교육에 크게 공헌한 올리버 에이비슨 (Oliver R. Avison 1860~1956) 박사에게도 1952년 대한민국 정부는 건국공로 훈장을 수여하였다.

올리버 에이비슨   프레드릭 맥켄지   프랭크 스코필드   로버트 그리어슨   스탠리 마틴

위의 5인은 기존의 애국지사기념 사업회에서 간행된 책들에 이미 언급된 바가 있다. 그러므로 그 들 중에서 유난히 자료가 부족하지만, 북간도 독립운동의 중심지였던 용정선교지부(1911~1923)를 최초로 만들고, 거기서 한국의 독립 활동을 도와주고 3.13 용정 만세운동과 1920년 경신 참변을 고발한 아치볼드 바커(한글 이름 박걸)에 대해서 살펴보려고 한다.

바커의 성장 배경과 용정 선교지부 설립

바커는 1879년 11월 23일 뉴브런즈윅 선베리 카운티 셰필드 아카데미에서 태어났다. 그는 뉴브런즈윅 대학교에서 학사학위를 취득하고, 토론토 대학 낙스 칼리지를 졸업하였다. 그는 1908년 Miramichi Presbytery에서 목사로 안수받았다.

그는 1908년 퀘벡주 Pointe a la Garde에서 목사로 일했다. 1909년 부인 레베카(Rebecca B. Watson)와 결혼한 뒤 1911년에 캐나다 장로교 선교사로 한국땅에 들어왔다. 이후 1912년 2월에 함경도 회령에서 새롭게 설립된 교회와 학교에서 목회 활동을 시작했다. 바커가 회령에 부임한 1912년 5월은 한국과 중국의 국경지대에 있는 회령이 만주와 교역으로 신흥 중심지로 성장하던 시기였다. 1913년에 바커는 새로 시작한 회령 선교지부에서 본격적인 사역을 펼쳐 보기도 전에 다시 용정 지역에 개척 임무를 맡게 됐다. 이처럼 사역 환경이 바뀌게 된 것은 한국의 정치적 상황과 맞물려 있었다.

그는 회령과 용정을 오가며 선교를 수행했으며, 용정촌 기독교 학교의 교사였던 강봉우 독립운동가와 친분을 쌓았다. 그 당시 그 지역에서 명동 학교를 설립하고 활동하던 민족주의자 김약연과도 교류하였다. 송계 김정규와도 같이 교육사업을 하였고, 자연스럽게 후에 간도 지역 용정촌 3.13 만세운동에 주도적 역할을 한 이들과 연결되면서 그들의 독립운동을 뒤에서 지원하였다. 동산교회와 용정 중앙교회설립, 1914년 제창병원을 스탠리 마틴과 세우고 은진중학교와 명신여학교를 세우는 복음 사역과 의료 사역, 교육 사역을 중심으로 용정 지역에서 활동하였다.

간도 지역의 특성과 캐나다 선교사들의 활동

간도 지역은 이미 1890년대부터 시작하여 1910년 이후 일제의 학정을 피해 수많은 한국인이 모여들어 한국인 인구가 23만 명에 육박했는데 이들을 위한 선교가 시급했기 때문이다. 그래서 회령과 용정을 오가며 선교지부 개척을 위해 노력하던 바커는 1913년 6월에 용정 선교지부를 개척했다. 캐나다 선교부의 용정 사역은 원래 1907년부터 시작되었지만, 바커가 선교지부를 세우고 거주하면서 본격적으로 이루어졌다. 특히 초기 장로회 선교사들은 복음-교육-의료라는 세 가지 요소를 점차 새로운 선교지부 건립 원칙으로 삼아, 복음을 전할 목사, 교육을 할 선생, 의료진이 갖춰졌을 때 독립적인 선교지부로 인정해 나갔다.

간도는 서간도와 북간도를 말한다. 우리가 간도라고 표현하는 것은 북간도를 말하며, 용정은 현재 중국 지린성 연변 조선족 자치주에 있는 도시이다. 두만강 건너 만주 벌판에는 일제강점기에 한민족이 거주하며, 독립운동의 본거지가 됐던 용정촌(龍井村)이 있다. 용정은 나라를 잃은 한민족에 의해 황무지에 건설된 마을이 집단화되었기에 한민족의 결집력을 강화한 최초의 공동시설로 평가되고 있다. 또 용정은 민족 번영과 항일 독립을 위한 교육 장소로 자리매김했던 곳이다. 용정이 이러한 교육의 본고장으로 자리 잡게 된 것은 최초로 선교지부를 설립해 교회와 학교 사역을 동시에 감당했던 바커의 열정 덕분으로 인식되고 있다. 용정은 바로 윤해영이 작사하고 조두남이 작곡을 한 우리 근대사에서 잊을 수 없는 '선구자'의 무대인 해란강의 일송정이 있는 곳이다. 이곳이 '3.13 해란강변의 봄의 우레' 라는 독립운동이 일어났던 곳이다.

　캐나다선교회는 이미 1889년 선교사 게일(James S. Gale)이 이미 들어와서 선교를 시작했다. 이후 자비로 들어와서 활동하여 한 알의 밀알이 된 맥켄지(Willams J.Mckenzie)선교사를 시작으로 하여 함경도와 간도지역의 한국선교의 불꽃이 점화되었다. 이 후로 그들은 원산을 기점으로 한반도의 등허리를 타고 멀리 간도까지 왕래했다. 로버트 그리어슨(Robert G. Grierson)이 사역한 성진 선교지부는 이동휘 등의 독립 운동가와 밀접하게 연결되면서 상해 임시 정부와도 깊게 연결되어 있을 정도였다. 아치볼드 바커(Archibald H. Barker)가 수고한 용정지역은 한국에서 만주와 연해주로 가는 북방선교의 길목이었다. 바커가 세운 용정의 영국조계지 안에 '영국덕이(English Hill)'는 나라 잃은 한민족들의 희망이요, 서울의 정동과 연동 선교구역과 같은 비중을 갖던 곳이었다.

　캐나다 내한 선교사들은 비교적 진보적 신학배경을 가진 이들이 많아선지, 선교지 현장에서 스스로 한국문화와 생활에 익숙해지기 위해 노력했다. 맥켄지나 펜윅을 비롯해 선교사들은 한복을 즐겨 입고, 한국 음식에 적응하기 위해 애썼으며, 'ㄱ'자 모양을 포함한 한국스타일로 예배당을 짓기를 추천했다. 그리고 선교사들은 '한국적 토착화'의 문제를 나름 잘 발전시켰다. 특히 게일과 같은 선교사들은 한국어와 한국문화와 전통의 우수성과 중요성을 강조했다. 한국에 온 많은 선교사가 자신의 한국식 이름을 즐겨 사용했고, 한국 역사와 문화와 전통의 우수성, 심지어 한국의 자연과 산과 들을 예찬했다. 바커부부는 조랑말을 타고 산천을 돌아다니며 복음을 전하기도 했고, 그리어슨 목사는 자전거를 타고 논두렁을 건너기도 했다.

그리고 만주, 즉 북간도의 자연환경은 캐나다 선교회 출신들의 고향인 동부 대서양 연안의 환경과 아주 비슷했다. 그리고 그들은 주로 영국 스코틀랜드 지역에서 캐나다로 이민 온 사람들이 대부분이었다. 그래서 그들의 성향은 잉글랜드에 스코틀랜드가 합병되어서 투쟁해 온 역사가 있기에 더욱더 약자에 대한 인간애를 발휘하면서 일제의 수탈과 잔악성을 보고 한국인 편에 섰을 것이다. 일본에 나라를 뺏긴 한민족들의 독립운동에 더 공감하고, 비폭력 평화시위를 잔인하게 진압하는 일본의 만행에 대해서 더 공분하고 같이 참여하였다.

더불어서 캐나다장로회 소속 선교사들은 개인적으로뿐만 아니라 집단적으로도 친한 반일적인 성향을 보였다. 예를 들어, 1919년 3·1운동에 대한 일본의 무자비한 탄압을 규탄하기 위해 선교사들이 미국 정부에 항의했지만, 미국은 이미 필리핀을 대가로 조선을 일본이 가져간다는 밀약(가쓰라 태프트 밀약 1904)을 맺어버린 후였다. 그래서 미국쪽 선교사들은 미국 정부와 선교부의 명령대로 정치 불개입 원칙에 따라 입을 다물고 있었다. 1919년 3.1운동 때 선교부의 차원에서 당시 조선 총독 하세가와(長谷川好道)에게 항의서를 결의하여 보냈던 것도 유일하게 캐나다 장로회 선교부였다. 그리고 해방 후 국가보훈처에서 독립 유공자를 선정한 가운데 외국인으로서 선교사 7명이 선정되었는데 그 가운데 절반이 넘는 5명이 캐나다장로회 소속 선교사들이다. 이것은 캐나다 장로회 선교사들의 한국 선교 성격을 일정하게 반영한다. 한국에서 활동한 캐나다 장로회 소속 선교사들은 대부분 한국의 국권을 침탈하던 일제에 대해서 비판적이었으며 한국인들에게 우호적·동정적인 태도를 가지고 선교하였던 것을 알 수 있다. 이점에서 캐나다장로회 소속 선교사들이 한국에서 한 선교활동은 다른 선교부들과 마찬가지로 복음선교와 교육선교, 의료선교였지만, 같은 선교활동을 하면서도 세속 권력 내지 일제와의 관계에서, 그리고 한국인들에 대한 태도에서 다른 나라 선교부 소속 선교사들과는 다른 특성을 보이고 있다.

바커의 용정의 선교지부 설립– 영국덕이(English Hill)

캐나다 선교부가 용정을 선교지부로 결정한 것은 당시 용정에 치외법권이 보장되는 영국의 조계지가 있었기 때문이었다. 그들은 당시 영국 국적의 캐나다 선교사들이어서 1913년에 조계지 내에 26에이커의 땅을 선교 부지로 구입하였다. 그 곳은 일반 중국인과 중국 관리 그리고 일본인이나 일본 경찰들이 출입할 수 없었다. 중국인들은 그 땅을 영국덕이(English Hill)라고 불렀으며 용정수원지 동쪽 근교 산비탈에 자리 잡고 있는 해발 260미터 정도의 언덕이었다. 바커를 대표로 하는 선교사들은 안전이 보장되는 그 안에 선교부 건물, 동산교회 교회당, 제창병원, 은진중학, 성경학원, 명신 여자중학교를 세웠다. 이것은 일면 애국 계몽운동의 정신과도 맥을 같이 한다. "일본에 나라를 빼앗긴 것은 힘이 없어서이다. 그러므로 배워서 힘을 길러야 한다."라고 교육의 중요성을 역설한 도산 안창호 선생의 사상과도 맞아 떨어지는 것이었다. 애국계몽운동을 통하여 근대식 교육과 학문을 받으며 배워서 키운 힘은 강력한 항일투쟁으로 연결되었다. 이런 민족적 각성과 정신적 무장을 가능하게 한 것은 바로 바커와 같은 선교사들의 학교설립과 특별히 여성 교육에 힘써서 명신여학교 설립에서 알 수 있다.

용정 제창병원, 인술과 독립운동의 산실이었다

1914년, 바커와 그의 아내 레베카는 용정동 동산에 제창병원의 기초가 되는 진료소를 시작하였다. 바커는 이 병원에서 가난한 사람들을 무료로 치료했으며, 한국인들이 거주하는 외딴 마을을 방문하여 환자를 치료하는 순회 진료도 진행했다. 이후 이를 기초로 1916년 용정지부에 의료선교사로 마틴 부부가 부임함으로써 용정 지역에서도 본격적인 의료선교가 시작되었다. 1916년 11월에 착공한 병원 건물이 1918년에 완성되어 현대식 병원으로 발전하였다. 새로 건립된 제창병원(濟昌病院, St. Andrew Hospital)은 30개의 병상을 갖춘 현대식 건물로 남녀 입원실과 수술실, X선 촬영실 등을 갖추고 있었다. 외래환자 진료소와, 남자 병동, 그 뒤에 여자 병동과 간호사 숙소가 있었다. 의료진으로는 병원 마틴 외에 한국인 의사 1명, 간호사 2명, 약제사 1명, 그리고 마틴 부인이 간호부장으로 함께 일했다. 제창병원의 환자 비율은 한국인이 75%, 중국인 20%, 러시아인 5%였다. 그들은 환자를 신앙이나 빈부로 차별하지 않았으며 환자들을 소중하게 다루었으며 무엇보다 가난한 자들에 대하여 의료비를 면제해 주거나 수술 후 또는 퇴원 후에 천천히 갚을 수 있도록 배려하였다. 그리하여 제창병원은 인술을 행하는 사랑의 병원으로 널리 알려져 개원 후 2년 만에 해마다 1,200명 이상의 환자를 진료할 정도가 되었으며 다른 지역에서 환자들이 몰려들어 병실을 확장하지 않을 수 없었다.

캐나다장로회는 조선인들의 독립운동을 지원하였는데 특별히 조계지 안에 있는 제창병원은 북간도의 조선 독립운동가들이 마음 놓고 모일 수 있는 비밀 아지트가 되어 주었다. 제창병원은 독립운동가들과 단체 또는 사건과 가로 세로로 깊게 연관되어 있다. 그리고 제창병원 지하실은 〈간도국민회〉의 활동, 토의, 연락 장소가 되었다. 〈간도국민회〉는 본부는 일본영사관을 피해 연길현 하마탕에 두고 중부와 동서남북 부에 5개의 지방회와 그 산하에 지회를 두었다. 각 지역의 목사와 시찰회의 순회 목사들이 각기 지회 회장을 맡았다. 국민회는 단체와 구성원의 안전과 비밀의 보장을 위해서 비밀 아지트를 치외법권 지역인 제창병원에 두어 토의와 행사, 연락 장소로 사용하였다.

제창병원은 철혈광복단의 '15만 원 탈취 사건'과도 관련이 있다. 〈간도국민회〉 산하의 〈철혈광복단〉의 성원인 윤준희는 연해주의 〈대한국민의회〉 군사부장이며 철혈광복단원인 김하석으로부터 군자금 모집에 대한 강력한 요청을 받았다. '조선은행 용정파출소'에서 서기로 일하는 국민회 회원인 전홍섭은 길회선 자금이 용정으로 온다는 사실을 탐지하여 철혈광복단원에게 정보를 제공하였다. 일제는 조선인 은행직원인 전홍섭을 회령에서 체포하고, 윤준희와 최봉설 등이 제창병원 내에서 전홍섭과 여러 차례 접촉한 사실을 확인하고 1월 10일 새벽에 와룡동 마을을 포위, 수색하여 최봉설의 부친 최병국과 동생 최봉준을 체포하였다.

제창병원은 독립투사들, 열혈 청년들의 만남과 연락 장소가 되었다. 그리고 이곳에서 독립사상을 고취하기 위한 각종 문서들과 3.1독립선언문등이 등사판으로 인쇄되어 배포되었다. 제창병원은 실로 북간도 한국인들의 독립운동이 최고조에 달했을 때 그들의 배후에서 그들과 함께 용정의 '3.13 만세 시위', '만세 시위 부상자 치료와 순국열사 장례식', '간도국민회', 철혈광복단의 '15만 원 탈취 사건', '경신 대학살'의 시련과 고통을 같이 묵묵히 겪었다.

북간도 민족 교육의 산실-은진 중학

은진 중학은 용정의 명동 학교 설립자인 김약연과 독립운동가 이동휘 등의 요청에 따라 교장 바커가 주도하여 1921년 3층짜리 검은 벽돌 건물의 근대식 학교를 완성했다. 이들의 요청에 따라 세워진 은진중학교의 '은진'(恩眞)은 "하나님의 은혜로 진리를 배운다."라는 뜻을 가졌다. 개학 당시에는 6명의 학생이 성경 서원 건물 2층에서 수업을 받았는데 은진 중학교에는 뭔가 특별한 것이 있었다. 다른 학교에서는 찾아볼 수 없는 민족교육을 거침없이 실시했다. 일제가 금지하던 우리말 교육은 물론 영어, 성경, 한국사 등 민족의식을 일깨우고 지식인을 양성하는 수업이 이루어졌다. 바커는 한국식 이름으로 박걸이라 짓고, 그의 헌신적인 노력으로 은진 중학은 명실상부한 근대식 교육기관으로 이름을 높였다. 당시에는 보기 힘든 3층 벽돌집에 스팀 보일러를 사용하는 현대식 건물이었다. 청소도 기름걸레로 하는 인부들이 있어서 학생들은 오로지 공부와 함께 민족의식을 고취하는 데만 집중하였다. 근처 일제가 세운 광명 중학은 옹색하기가 초가집 수준이었을 정도였다. 그에 반해 현미경을 사용하고 브라스 밴드를 만들어서 음악 활동을 하였다. 나중에 1919년 3월 13일 용정 지역의 만세운동 시에도 이 브라스 밴드가 먼저 앞장을 서서 나갔다고 한다. 은진중학교는 성경 말씀을 가르쳤을 뿐만 아니라 일제가 금지한 한글과 국사를 가르쳐 민족의식을 일깨웠다. 개교한 지 20일 만에

3·1운동 1주년을 맞아 기념의식에서 나누어 줄 격문을 등사하다가 교원 2명과 학생 20여 명이 체포, 구금되는 일이 일어났다. 1920년 무렵은 일제의 압박으로 민족의 중심지가 명동촌에서 용정으로 옮겨오던 때이다. 간도 개척기에 민족정신과 독립운동의 산실이 명동 학교였다면 일제 강점기에는 용정의 은진 중학이 그 맥을 이어 중심 활동을 하였다. 선교사 바커의 노력으로 이루어진 은진 중학에서 나중에 민족시인 윤동주와 동기였던 목사 문익환 등이 공부하였다. 문익환의 회고에 의하면 그 시절 그들은 애국가를 마음대로 부르고 태극기를 휘둘렀다고 한다. 경신 참변 때도 명동 학교는 불탔으나 은진중학이 무사했던 것은 영국 조계지 안에 있었기 때문이었다.

명신여학교와 바커 부부의 여성 교육 사역

1913년 6월 6일 용정선교지역으로 떠나는 바커 부부

명신여학교는 1913년 간도 용정에 선교사 바커(朴傑, A.H. Barker)와 그의 부인 레베카가 조선인 소녀들의 교육을 목적으로 기존에 설립된 상정 여학교의 규모를 확대해서 세워졌다. 학생 158명을 모집하고 교원 12명을 초빙해 명신여학교는 1920년에 중학교로 승격되었다. 1941년 광명 여학교와 통합되기까지 21회에 걸쳐 졸업생 255명을 배출했다. 캐나다 선교사 바커의 부인 레베카는 "유교의 질곡에 얽매인 조선의 여성들에게 교육을 받을 기회를 주어야 한다.", "여성들로 하여금 학문을 익히게 하고 견식을 넓혀 그들도 남성들과 동등한 지위에 있음을 자각시켜야 한다."고 하면서 특별히 조선어로 학생교육을 하여 여성교육과 여성 지위 향상의 필요성을 주장하였다. 근대 여성 교육자이며 시인인 모윤숙이 이 학교의 교사로 일하였다. 이들은 비록 일본이 지배하던 고국을 떠나 이방 땅에 살고 있었지만, 한반도 내에 일어난 일에 무관심하지 않았다. 예를 들어 1930년에는 광주 학생의 반일 애국 운동을 응원하기 위해 명신 여중과 광명 여중의 학생 수십 명과 함께 시위 행진과 동맹휴학을 감행했다. 남편 바커가 건강이 악화하면서 레베카는 토론토로 돌아와서 그를 돌보다가 바커가 1927년 사망하였다. 이후에 다시 함경도로 돌아와서 1933년 원산의 진성 여자 보통학교 교장으로 활동하였다. 마침 만주 사변 2주년 기념일의 '순난자 위령제' 참석 지시를 어기고 신사참배에도 불참하는 등 바커 사후에도 이 지역에서 여성 교육에 힘쓰면서 남편의 유지를 받들어 일제에 저항하는 학생들을 도왔다.

간도 '해란강반의 봄 우레'로 불리는 독립만세운동

간도 각 지역에서 사람들은 냇물의 지류가 강을 바라고 흘러들 듯이 사면팔방에서 용정이라는 이 '간도의 서울'이자 조선인들의 의지를 대변하는 구심점을 향해 흘러들었다. 1919년 3월 13일 간도 지방에서 '해란강반의 봄 우레'로 불리는 만세운동이 일어났다.

이는 국내에서 3·1운동의 거센 물결이 일어나자, 간도 지방에서도 이에 대한 반응으로 독립 만세운동이 펼쳐진 것이다. 간도의 독립 만세운동은 1919년 3월 12일 서간도 지방의 중심지인 유하현 삼원보(柳河縣三源堡)와 통화현 금두(通化縣金斗)에서 독립선언 축하회를 개최하고, 만세 시위운동을 벌인 데서 비롯됐다.

북간도 지방의 만세운동은 다음날인 3월 13일, 이 지방의 중심지이고 많은 한국인이 거주하는 용정에서 처음 일어났다. 이날 정오, 천주 교회당의 종소리를 신호로 용정 북쪽의 서전대야(瑞甸大野)에는 1만명가량의 한국인이 모여들었다. 용정의 한국인은 거의 다 참석했고, 부근 100리 안의 동포가 거의 다 모여들어 독립 축하회 식장의 넓은 뜰을 꽉 메웠다. 독립 축하식은 김영학의 '독립선언 포고문'의 낭독으로 시작됐고, 축하회를 마친 군중은 '대한독립'이라고 쓴 큰 기를 앞세우고 만세 시위행진에 들어갔다.

3.13 만세운동과 서전 대야

3.13 만세운동과 바커의 지원 활동

3.13 만세운동에 앞서 1919년 1월 25일 용정 국자가 소영자에서 열린 기독교 전도대회를 계기로 독립운동 지도자들 20여 명이 모여 비밀회합을 가진 데 이어 2월 8일 제2차 회합에서 김약연(1868~1942, 독립운동가), 정재면을 노령 파견대표로, 강봉우(1892~1970, 독립운동가)를 국내 파견대표로 선출하였다. 김약연, 정재면은 2월 11일 노령으로 출발하고, 강봉우는 2월 15일 함흥으로 출발하였다. 1919년 2월 8일 독립선언서 소식을 접한 강봉우는 서울로 내려가 한국 동포들의 민심을 조사했다. 그는 2·8 독립선언서를 비밀리에 구해 2월 26일 함흥으로 가 교회 관계자들에게 전달하며 독립운동 참여를 촉구했다. 이후 용정으로 돌아가는 길에 회령에서 바커를 만나 반일 운동 지원을 요청했다. 이에 바커는 흔쾌히 동의하며 "이것은 절호의 기회입니다." 많은 사람들이 의견을 나누었지만,

저도 동의합니다." 라고 강봉우를 격려하였다. 1919년 3월 13일, 강봉우는 구춘선(具春先), 이봉내(李鳳內) 등과 함께 간도 국자가(局子街)에서 독립선언 축하회를 벌였다. 이때 명동중학교 및 은진중학교(恩眞中學校) 학생들이 만세 시위에 가담했고, 용정의 여러 교회 신자들도 가세했다. 여기에서도 바커가 얼마나 한민족의 독립운동에 공감하고 지지하였으며 뒤에서 후원하였는지 알 수 있다.

송계 김정규(독립운동가 1883~1960)와도 바커는 교류하면서 그의 독립운동에 도움을 주었다. 그는 북간도 동제회를 조직하고 국민회 활동에 참여하였으며, 1919년 3월 13일과 20일 훈춘지역 만세 시위운동을 주도하였다. 1913년 바커가 한인 대상으로 선교 활동을 하면서 학교와 교회를 설립할 때 그를 도왔다. 박걸이 훈춘지회를 조직할 때 참여하여 박태항·한수현과 함께 선교활동을 통하여 민족의식을 고취하며 계몽 활동을 전개하였다. 1919년 3월 13일과 3월 20일 훈춘에서 만세운동을 주도하였다. 황병길(黃炳吉) 등과 같이 독립선언서를 배포하면서 서문 밖 광장으로 나가 원 모양의 진을 형성하였다. 황병길이 먼저 단상에 서서 연설하였고, 노종환(盧宗煥)·최병문(崔秉文)과 함께 뒤를 이어 연설하였다. 이렇듯이 바커는 일정 부분 독립운동가들과 연결되면서 그들의 활동을 알게 모르게 지원하였다. 이러한 배경에서 독립운동이 일어나기 직전인 1913년 용정 선교지부를 설립한 바커가 건설한 주택과 선교 부지는 치외법권이 적용되는 지역이었기에 이후 독립운동을 모의하는 장소로 종종 활용됐다.

　용정의 3.13 반일 시위 운동의 함성은 간도 각지는 물론 북만과 남만 일대까지 울려 퍼져 훈춘, 화룡, 개산툰, 삼도구 등 북간도 각 지역에 들불처럼 번져 5월 1일까지 30여 곳에서 시위가 벌어졌다. 이때 17명이 사망하고 30명이 부상당하는 상황에서 바커 선교사와 마틴 의사는 국민회원들과 청년들과 함께 시신 17구를 병원 지하실로 옮기고 병원 전 의료진을 총동원하여 밤낮을 가리지 않고 치료를 했으나 결국 사망자가 속출하여 33명의 사망자가 3.13 독립운동으로 희생당하였다.

　1919년 4월 30일 자 조선총독부 보고서에 따르면, 당시 함경북도 회령에 거주하던 바커는 교인들을 선동했다는 의심을 받았다. 그는 3·1 독립운동에 관련된 사람들의 수, 직업, 이름, 나이, 희생자 및 구금자 수, 처형 및 항의 상황, 사진 등을 영국 서울 총영사관에 여러 차례 보고했다. 1919년 6월 25일부터 원산에서 열린 캐나다 장로교 한국 선교부 연례 회의에 참석했으며, 7월 10일에 열린 연례 회의에서는 일본의 만행을 규탄하는 항의 서신을 작성해 조선총독부 하세가와에게 보냈다.

　선교사로서 복음 사역에 충실했던 바커의 활동은 크게 보면 하느님 안에 누구나 평등하다는 인류애적 관점에서 고통받던 기독인이되 조선인들을 돕고 같이 했을 것이다. 그들의 가슴에 겹겹이 쌓인 아픔을 이해하고 같이 기도하고 그 상처를 치료하고, 이에 바커는 일제의 만행에 침묵하지 않고 현장에 있는 사망자와 부상자의 사진을 찍어 서울의 선교사들과 캐나다 선교 본부에 보고했다. 스탠리 마틴 선교사는 환자들을 치료하면서 사상자의 몸에서 빼낸 탄환이 일본제 탄환임을 확인하고, 중국 군의 배후에 일제가 있다는 것을 밝혀냈다. 그리고 경신참변의 실상을 알려 대한민국은 바커와 마틴이 일제의 악행을 폭로한 공로를 인정해 1968년 그들을 독립 유공자(독립장)로 지정했다.

경신참변(1920) – 일본의 간도지역 조선인 대학살

이후 은진중학교 교사로 재직하던 바커는 1920년 10월 일본군이 감행한 간도참변을 목격했다. 그가 돌보던 교회들은 이 사건으로 큰 피해를 입었다. 이에 12월 20일, 바커는 연길현 도윤을 방문해 일본군 주둔 관련 중국의 정책과 경신참변으로 인해 한국인이 입은 피해 조사 결과를 문의했다. 또한 감옥에 수감 중인 명동학교 교장 김약연의 석방을 위해 협상했으며, 일본에 인도하지 않겠다는 약속을 받아냈다. 그는 일본군의 간섭과 중국 군경의 질투로 인해 기독교 선교 활동이 어려워졌다고 호소하기도 했다.

1919년 3·1운동 이후 활발해진 만주 지역의 독립군을 '토벌'하기 위하여 1920년 10월 간도를 침공한 일본군은 같은 해 12월 말까지 그 지역 한인촌에 대한 대대적인 방화 학살을 자행했다. 그 당시 대한독립군은 망명 청년을 훈련시키고, 의연

금과 무기를 확보하여 전투력을 강화하였다. 1920년 6월의 봉오동 전투와 그해 10월 청산리 대첩에서 패전한 일본군은 분풀이의 일환으로 만주에 있는 조선인들에 대한 무차별 학살을 감행했다. 1920년 10월, 일본은 훈춘사변(훈춘 사건은 흔히 일본군이 마적을 조종해서 일본 영사관을 공격한 사건으로 한인을 공격할 명분을 만듬)을 조작하여 특히 기독교인들을 불령선인으로 몰아서 3, 4개월간 참혹한 학살을 감행했다. 이에 일본군은 한국인 마을을 습격하여 남성을 학살하고, 여성과 아이들을 폭행·살해하며 마을을 불태웠다. 기독교인을 총기 연습 대상으로 삼고, 주민들을 불에 태워 죽이는 등 잔혹한 만행을 저질렀다. 마틴 등을 필두로 선교사들이 일본군의 만행을 목격하고 기록하여 폭로하였다. 1920년 10월 9일~11월 5일 간도에서 학살된 한국인은 3,469명으로, 피해 규모는 아직도 명확히 밝혀지지 않았지만, 북간도 지역만 당시 상해에서 발행되던 [독립신문]에는 10월 9일부터 11월 30일까지 피해 상황을 피살 3,469명, 피체 구금 170명, 강간 71명, 소실된 민가 3,209동, 학교 36개교, 교회당 14개소, 곡류 54,045섬으로 보도했다. 그렇지만, 가해자인 일본군 측은 그 규모를 극히 축소하여 피살 494명, 체포 707명, 소각 민가 531동, 학교 25개교, 교회 1개소로 정리했다.

캐나다 용정 선교부의 일제 만행 폭로

이렇게 박걸이 세운 수많은 교회와 기독교인 한인들이 무참히 살해되었다. 이런 과정을 지켜본 박걸의 마음은 엄청난 고통으로 가득 찼을 것이다. 제창병원은 1920년 일제가 조선인 마을에 들어가 저지른 대학살의 잔악상과 죄상을 전 세계에 폭로하였으며 일본군의 학살과 방화로 부상을 당한 사람들을 치료하였다. 이에 대하여 〈영국덕이〉 용정 선교부의 수석 선교사인 바커와 푸트, 제창병원 원장인 마틴이 세계 언론에 알렸으며 일본 정부에 이의를 제기하였다.

간도에 침공한 일본군에 의한 한인촌의 방화 학살은 너무도 끔찍하여 국적을 떠나서 인류에 대한 반인도적 범죄 행위에 속한다. 선교사 푸트(W. R. Foote)도 일본군이 침입하여 활동을 개시한 10월 중순부터 일본군의 만행에 대한 소식을 듣고 있었다. 그는 10월 30일, 이 사실을 폭로할 생각으로 일본 도쿄 메이지 학원 신학부 교수로 있던 앨버트 올트만스(A. Oltmans) 박사에게 편지를 써두었다가, 11월 2일에 발송하였다. 이 편지에서 그는 10월 19일부터 30일까지 그 지역에서 일본군이 저지른 학살 방화 만행을 기록하고 일본교회의 적당한 위원회에 이 일을 알려 영향력을 행사해 달라고 부탁했다. 그 야만 행위에 분개하고, 봉천에 있는 영국영사관에 보고하겠다고 말했다. 각지에 전보를 보내 폭로하였다. 이러한 보고에는 직접 현장을 조사하고 돌아온 마틴의 '노루 바위 대학살'과

제창병원 간호사 페일소프(Miss Emma M. Palethorpe)의 '매서인 이근식과 그의 마을 동료 4명의 살해'라는 보고서도 첨부되어 있었다. 그러자 선교사들은 물론 영국 외무성에서까지 항의가 들어오고 국제적인 비난 여론이 형성되었다. 특히 일본군의 기독교촌 학살 방화 만행에 대한 보고와 함께 이 성명서에 대한 보고를 받은 캐나다 장로회 해외 선교부 총무 암스트롱은 〈토론토 글로브〉(Toronto Glove)지 1920년 12월 15일 자에 그 성명서를 반박하는 성명을 내고, 일본 군대의 광폭 잔혹한 예증으로써 10월 31일 자 '노루 바위 대학살' 등 선교사들의 현지 보고서들을 공개했다. 그리고 더 나아가 현지 일본 공관인 오타와 일본영사관에도 항의했다. 일본 육군성은 미즈마치 소좌의 성명을 지지하고 성명을 내서 선교사들의 보고서가 과장된 허위라고 주장했지만, 국제 여론이 악화하자 일본 정부는 외무성을 통해 12월 11일 성명을 내고, 그것은 정부의 공식 입장이 아니라, 미즈마치 소좌 일개인의 의견에 불과하다고 밝혔다. 일본 육군성 사이토 소장은 이 조치에 대해서 일본 군인 정신에 이상한 빛을 흘리는 말로 사과한다. 그는 "군 당국은 악을 뿌리 뽑아야만 했고 그런 작전을 수행 중에 사람들이 죽고 집들이 불탔다."라고 변명하였다. 이 얼마나 얄팍하고 어이없는 변명인가!!

맺는 글

　다른 나라 선교사들과 달리 바커, 마틴, 푸트 같은 캐나다 선교사들은 한민족의 독립 운동을 탄압하는 일본의 야만성과 잔인함에 대해서 같이 분노하면서, 전 세계에 알려서 일본에 경고하며 경종을 울렸다. 조선 말기의 상황은 근대화에 뒤처지므로 해서 그야말로 풍전등화 그 자체였다. 이런 시점에 서양 선교사들이 조선에 들어와 학교와 병원을 세우고 여성을 평등한 존재로 교육하면서 근대화에 크게 기여하였다. 그러나 캐나다 선교사들의 다른 점은 국가를 떠나서 진심으로 인도주의적 관점에서 일본 제국주의의 끔찍한 만행에 같이 공감하고 대한 독립운동을 뒤에서 도와주고 협조하였던 점이다. 그래서 거의 미국 선교사의 10분의 일밖에 되지 않은 선교사 수이지만 대한민국 정부로부터 독립장의 훈장 수여는 미국선교사 두 명에 비해서 캐나다 선교사 6명이 받게 되는 이유이다. 오늘날 캐나다에 살면서 한국과 캐나다 간의 몰랐던 역사를 알게 되면서 그들의 특별한 한민족에 대한 헌신과 희생에 대해서 참으로 감사함을 느꼈고, 글로라도 그들의 삶을 알려야 한다는 생각이 들었다.

　아치발드 바커는 아마도 경신 참변 후의 끔찍한 사건들을 겪으면서 엄청난 스트레스와 고통을 받았을 것이다. 그래서 병을 얻어서 1927년 토론토로 돌아와서 휴양하였지만 끝내 사망하였다. 이후 아내 레베카는 다시 함경도 원산으로 돌아와 다시 학교를 세우고 여성 교육에 매진하였다. 아마도 남편의 유지를 받들어서 더더욱 열심히 복음 선교와 조선 사회의 불평등한 열악한 처지에 있던 조선 여성 교육에 헌신하였을 것이다. 남한 중심의 독립운동사 서술은 균형을 잃고 있다. 21세기 세계 10위권의 강소국 대한민국에서 이념을 초월한 그대로의 간도 지역의 독립운동을 조명해야 한다. 그들은 간도 지역 대한독립운동을 지원하고 일본군의 만행을 전 세계에 용감하게 알렸다. 캐나다 선교사들의 숭고한 인류애적 헌신과 희생을 반드시 기억해야 할 것이다. 특별히 캐나다 선교사 바커의 활동을 잊지 말아야 할 것이다.

[참고 문헌]

1. 이국희, "선교사열전㉛ 간도 용정 선교지부 개척한 캐나다 아치벌드 바커 선교사 (Archibald H.Barker: 한국명 박걸", 고신뉴스, 2023. 12.
2. 강하람/명순구, "선교사 아치발드 바커", 평양 대부흥, 한국기독교사 게시판, 2019
3. 유영식, "노루바위 학살로 보는 스탠리 마틴의 삶과 선교에 대한 소고", 애국지사들의 이야기 3권, 2019
4. 김승태, "캐나다 장로회의 의료선교: 용정 제창병원을 중심으로", 세계선교신학대학, 연세 의학사 14권 2호, 2011.
5. 이이소, "용정 제창병원, 인술과 독립운동의 산실이었다.", 에큐메니안, 2021 04
6. 나무 위키-아치발드 바커, 다음 백과사전-강봉우, 김정규, 김약연, 은진 중학, 명신 여학교
7. 레오노, "1884~1942년, 68년에 걸친 외국 선교사들의 헌신", 한국에스페란토 아카데미 Korea Akademio de Esperanto)
8. 정진호, 〈여명과 혁명, 그리고 운명〉 도서출판 울독, 2021
9. 최선수, 〈부르심받아 땅끝까지〉 홍성사, 2017
10. 그외 인터넷 정보 다수

플로랑스 머레이

1894년 2월 16일, 캐나다 노바 스코시아 주 픽토랜딩에서 태어나 프린스 오브 웨이즐 대학을 졸업했다. 1919년 댈 하우지 의과 대학 졸업 후 보스턴 롱 아일랜드 병원에서 인턴을 수료했다. 1921년 9월 캐나다 장로교회에서 의료 선교사로 임명 받아 한국 함흥으로 선교사로 오게 됨. 1969년 5월12일 캐나다로 귀국 하여 1975년 4월 13일 고향에서 별세했다.

>>
나는 조선을 그 누구보다도 사랑했다. 그리고 그 사랑은 결코 변하지 않았다.

-본문중에서

조선을 향한 끝없는 헌신 :
닥터 머레이의 사랑과 희생의 길

박 정순 (이사, 시인, 한카문화예술원 대표)

"과연 갈 것인가?"

나는 오래 고민했다. 그러나 결국 가기로 마음먹었다. 친구
들은 나를 이해하지 못했다. 왜 그토록 알지도 못하는 먼 나라
에 가려 하느냐며 걱정스러운 눈길을 보냈다. 혹시 내가 무모
한 선택을 하는 것은 아닌지, 두려움이 없는 것은 아니었지만,
내 마음은 확고했다. 조선으로 가는 것이 나의 소명이자 주님
의 부르심이라는 것을 나는 알고 있었다. 그래서 떠났다. 그리
고 단 한 번도 후회하지 않았다.

이제 조선에서의 첫 21년을 돌아본다. 그곳에서 나는 많은
눈물을 흘렸다. 때로는 절망적인 현실 앞에서, 때로는 변화
의 기쁨 속에서. 그러나 그 모든 순간은 나의 인생을 가장 깊
고 풍요롭게 만들어 주었다. 나는 조선을 그 누구보다도 사랑
했다. 그리고 그 사랑은 결코 변하지 않았다.(At the foot of
Dragon Hill by F. Murray)

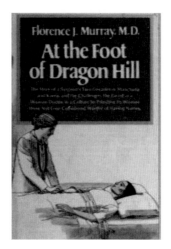

닥터 머레이의 자서전 〈용산의 기슭자락에서〉

노바스코샤에서 조선까지

나는 1894년, 캐나다 노바스코샤의 작은 마을에서 태어났다. 나의 고향 노바스코샤는 오랜 역사와 아픔을 품은 곳이었다. 원래 이 땅은 미크맥 원주민들의 것이었지만, 1600년대 프랑스가 식민지로 삼았고, 이후 영국이 차지하면서 역사의 소용돌이에 휘말렸다. 특히, 프랑스계 정착민인 아카디아인들은 1755년 영국에 의해 강제 추방당하며 고향을 잃었고, 그들의 상실과 슬픔은 지역 전체에 깊이 새겨져 있었다. 우리가 너무나 잘 알고 있는 롱펠로우의 에반제린은 바로 아카디아인의 역사의 비극을 쓴 서사시이다.

나는 그런 환경 속에서 자라며, 억압받는 이들의 아픔과 고

통을 이해하게 되었다. 그리고 조선을 처음 마주했을 때, 노바
스코샤의 역사와 조선의 역사가 닮아 있음을 깨달았다. 일제의
지배 아래 신음하던 조선은 마치 강제 추방당했던 아카디아인
들과도 같았다. 조선의 독립운동가들이 자유를 위해 싸우던 모
습은, 고향을 잃고도 정체성을 지켜나갔던 아카디아인들을 떠
올리게 했다.

프랑스 후예인 아카디아인들은 프랑스 국기에 황금빛 별을 넣었다.
이 깃발이 있는 곳은 아카디아인들이 사는 곳이라고 생각하면 된다

어쩌면 나는 태어날 때부터 조선을 향한 소명을 품고 있었는

지도 모른다. 고통받는 이들을 위해 봉사하는 것이 나의 사명이라는 것을, 나는 노바스코샤와 조선을 통해서 더욱 깊이 깨닫게 되었다.

나는 어린 시절부터 가난하고 소외된 사람들을 돕는 것이 나의 사명임을 깨달았다. 장로교 목사의 딸로 자라며, 신앙과 사랑의 가르침 속에서 성장했다.

25세 1919년 의과 대학을 졸업하고, 보스톤 롱 아일랜드 병원에서 인턴 과정을 마치고, 외과 대학 해부 실습 강사가 되었다. 1차 대전이 끝나고 군대에 갔던 의사들이 모두 돌아오고 있었으므로 내가 캐나다에서 의사로서의 삶을 살아야 할 이유가 없다고 생각했다. 나는 내가 필요로 하는 곳을 찾아 나서기로 결심했다. 그때 이미 한국의 함흥에서 의료 선교를 하고 있었던 여의사 케이트 맥밀란(Kate MacMillan)의 편지는 내 생의 전환점이 되었다. 맥밀란은 수년 동안 외롭게 일하면서 자신을 도와줄 여의사를 보내 달라고 캐나다 선교부에 요청하고 있었다. 케이트 맥밀란을 도와주어야 한다는 사명의식이 점점 더 나를 조선으로 끌어 당겼다.

주변의 만류와 불안한 시선과 만류를 떨치고 머나먼 땅, 조선으로 향했다. 당시 조선은 일제의 식민 통치 아래 신음하고 있었고, 사람들은 가난과 질병 속에서 고통받고 있었다. 나는 그곳에서 가장 약한 이들과 아픈 사람들을 위하여 함께하며, 그들을 위해 헌신할 결심을 했다.

캐나다 장로회 선교부에서 노바 스코시아 출신의 아네타 로즈(Annetta Rose)와 온타리오 주 출신의 크리스티나 커리(Christina Currie)를 교육 선교사로 임명하여 나와 함께 한국으로 가게 했다. 우리는 밴쿠버(Vancouver)에서 엠프레스 오브 재팬(Empress of Japan)이라는 캐나다의 태평양 횡단 기선을 타고 출항한 지 이 주일 만에 일본의 고베항에 도착하였다.

다시 일본의 시모노세키에서 연락선을 타고 부산항에 입항했다. 부산에서 기차를 타고 12시간만에 서울역에 도착했다. 서울역에 도착했을 때는 희미한 불빛이 거리를 밝히고 있는 늦은 밤이었다. 에드나 로렌스의 안내를 받으며 세브란스 병원 간호원 기숙사에서 조선에서의 첫날 밤을 보냈다.

어두운 밤, 낯선 풍경과 냄새가 나를 둘러쌌다. "이게 무슨 냄새죠?" 나는 조심스럽게 물었다. 함께 있던 선교사가 미소지으며 대답했다. "하수구와 뒷간에서 나는 냄새예요. 곧 익숙해질 거예요."

그렇게 악취가 나는 곳을 거쳐 낯설고도 새로운 곳에서의 첫날 밤, 나는 숙소의 작은 방에서 모기장을 치고 기도하며 하루를 마무리했다. "하나님, 이곳에서 제가 해야 할 일이 무엇인지 보여 주소서."

낯선 언어, 낯선 문화 속으로

함흥에 도착한 다음 날부터 나는 한국어를 배우기 시작했다. 사람들과 소통을 위한 제일 첫 관문이 언어였다. 언어가 통하지 않으면 사람들을 도울 수도 없었기 때문이다. 나의 한국어 선생님, 안상철 선생은 조용하고 인내심이 많았다. 그러나 내가 발음을 제대로 하지 못할 때면 웃기도 했지만 때로는 난감한 표정을 짓기도 했다. 한국어에는 외국인이 이해하지 못할 존칭어가 많았다. "한국어는 존댓말이 많습니다." 그 말을 이해하는데는 그리 오랜 시간이 들지 않았다. 그리고 어느 날, 나는 그 차이를 직접 경험했다.

전화 통화를 하며 상대방에게 "누구?" 라고 하자 상대방이 당황했다. 잠시 후 "누구요?", "누구시오?", "누구십니까?", "누구세요?" 다양한 표현이 이어졌다. 나는 한국어가 얼마나 정교하고 섬세한 언어인지 깨닫는 순간이었다.

떠나야만 했던 그날

조선에서의 삶은 나의 모든 것이었다. 나는 이 땅에서 숨 쉬고, 이 땅의 사람들과 함께 울고 웃으며 살아왔다. 하지만 1941년, 나의 삶을 송두리째 흔드는 일이 일어났다. 일본 제국이 나에게 강제 추방 명령을 내린 것이다.

그 소식을 들었을 때, 처음에는 믿기지 않았다. 조선은 이미 나의 고향과 다름없었다. 나는 여기서 아이들을 치료했고, 병든 노인들의 손을 잡았으며, 외롭게 죽음을 맞이하는 사람들에게 위로를 전했다. 나는 조선의 사람들을 위해 살았고, 그들도 나를 가족처럼 여겼다. 그런데 이제, 나는 이곳을 떠나야만 했다.

의심과 감시

사실, 이러한 일이 벌어질 조짐은 있었다. 몇 년 전부터 일본 정부는 외국인 선교사들을 예의주시하고 있었다. 그들은 조선에서 일하는 우리를 단순한 의료 선교사로 보지 않았다. 우리는 그들에게 '잠재적인 위협 인물'이었다. 그도 그럴 것이 수많은 캐나다 선교사들은 일본의 만행을 세계에 알리고 있었기 때문이었다.

나는 종종 경찰의 감시를 받았다. 병원을 운영하는 것이 내 일상이었지만, 누군가 내 뒤를 밟고 있다는 것을 알고 있었다. 그들은 나의 작은 행동 하나까지도 보고하고 있었다. 나는 단순히 병을 치료하는 것이 아니라, 사람들에게 희망을 주었다. 그리고 일본은 조선사람들에게 주는 정신적인 희망을 가장 두려워했다. 그 희망이란 바로 조선의 독립이었음을 모르는 바가 아닐 것이다.

일본은 조선의 독립운동을 철저히 탄압하고 있었다. 나는 독립운동가들을 몰래 치료한 적이 있었다. 총에 맞은 이들, 고문

당한 이들, 병들어 쓰러진 이들이 밤에 몰래 병원을 찾아오곤 했다. 나는 그들을 거절할 수 없었다. 그들은 단순한 환자가 아니라, 자국의 자유를 위해 싸우는 사람들이었기 때문이다.

어느 날 밤, 나는 심하게 다친 젊은이를 치료하고 있었다. 그는 일본 경찰에게 쫓기고 있었고, 몸은 이미 쇠약해져 있었다. 나는 그의 상처를 소독하며 기도했다. "하나님, 이 젊은이를 지켜 주소서." 하지만 며칠 후, 그는 결국 일본군에 체포되었고, 나는 그의 행방을 알 수 없었다.

그때부터, 일본군의 감시는 더욱 심해졌다.

운명의 날

어느 날 아침, 병원 문 앞에 경찰들이 서 있었다. 그들의 표정은 굳어 있었고, 내게 건넨 문서에는 **'즉각 귀국 명령'**이라고 적혀 있었다.

나는 순간 머릿속이 하얘졌다. "이곳을 떠나라고요?"

일본 경찰은 차가운 목소리로 말했다. "즉시 짐을 꾸리십시오. 당신은 조선을 떠나야 합니다." 이유를 말해주지도 않았다.

나는 말문이 막혔다. 수많은 환자들이 떠올랐다. 아픈 아이들, 나를 찾아오는 노인들, 그리고 내 손길을 기다리는 수많은 사람들이. 나는 떠나고 싶지 않았다. 그러나 거부할 수 없었다. 일본 제국은 이미 선교사들을 하나둘씩 조선땅에서 내쫓고 있었고, 나는 그들의 명령을 따를 수밖에 없었다. 일본은 외국 영향력을 배제하기 위해 특히 캐나다 선교사들이 운영한 학교, 교회, 지역 사회 봉사 활동 등은 한국인의 민족의식을 고취시킬 식민정책의 위협으로 간주했다. 이러한 활동들이 일본의 동화 정책에 반하는 독립 정신을 부추길 수 있다는 점에서, 당국은 이를 식민 통치에 대한 도전으로 여겼기 때문에 조선에서 선교사들을 강제로 쫓아냈다.

이별의 순간

짐을 꾸리는 내내 마음이 무거웠다. 병원 문을 나서려는 순간, 사람들이 모여들었다.

"닥터 머레이, 떠나지 마세요."

"우린 어떻게 합니까?"

"다시 돌아올 거죠?"

나는 그들의 손을 잡고, 하나하나 눈을 맞추며 대답했다. "꼭 돌아올게요."

기차에 오르는 순간까지 나는 조선을 떠나는 것이 실감나지 않았다. 기차가 출발하고, 창밖으로 익숙한 풍경이 사라져 갈 때, 나는 눈물을 흘렸다.

나는 다시 돌아올 것이다.

이 땅이 나를 필요로 한다면, 어떤 일이 있어도 돌아오리라.

그렇게 나는 조선을 떠났다. 하지만 내 마음은 여전히 그곳에 남아 있었다.

또다시 떠나야 했던 날

나는 다시 조선으로 돌아오기 위해 미대사관을 통해 연락을 했다. 캐나다에 돌아온 뒤 내 마음은 오롯이 조선에 가 있었다. 다시 가야 할 것인가? 의 망설임없이 나는 조선을 갈 수 있는 길이 있다면 달려가야 했다. 해방을 맞이한 조선 1941년, 일본의 강제 추방으로 인해 떠나야 했던 그 땅으로 1946년 해방이 된 조선에 머래이는 다시 찾아왔다. 해방된 조선은 변해 있었다. 그러나 새로운 희망이 자리 잡기도 전에, 한반도에는 파괴와 불길이 치솟는 민족 전쟁이 일어났다.

1950년, 한국전쟁이 발발했다.

그날을 아직도 잊을 수 없다. 전쟁은 너무도 갑작스럽게, 그리고 너무도 무자비하게 모든 것을 앗아갔다. 나는 부산으로 향했다. 피난민들이 몰려드는 항구 도시는 혼돈 그 자체였다. 거리에는 부모를 잃고 방황하는 아이들이 넘쳐났고, 병든 사람들은 치료받을 곳조차 찾지 못한 채 쓰러져 있었다.

나는 쉬지 않고 움직였다. 나를 필요로 하는 곳이 너무 많았다. 지친 몸을 이끌고 하루에도 수십 명의 환자를 돌보았지만, 내가 할 수 있는 것은 너무나도 한정적이었다.

부산의 절망 속에서

그날도 피난민 진료소에서 치료를 하던 중, 나는 유엔 병원선 **'유틀란디아 호'**의 소식을 들었다. 그곳에서 환자들을 치료할 수 있도록 협조를 요청하면, 더 많은 생명을 구할 수 있을지도 몰랐다. 나는 망설일 틈 없이 병원선을 찾아갔다.

"부산에 있는 피난민들을 치료할 수 있도록 도와주십시오." 나는 간절한 마음으로 의료진에게 말했다. 다행히도 그들은 나의 요청을 받아들였다. 나는 그곳에서 통역과 진료를 맡게 되었다.

그곳에서 나는 한 청년을 만났다.

그는 전쟁 첫날 가슴에 총상을 입고 1년 반 동안 병상에 누워 있었다. 한국 의사들은 흉부 외과 치료법을 알지 못했고, 그의 폐는 점점 기능을 잃고 있었다. 나는 그의 두려움을 느낄 수 있었다.

"이렇게 있으면 살 수 없어요." 나는 조심스럽게 말했다. "일어나야 합니다."

그는 내 말을 믿지 못하는 듯했다. 오랜 시간 병상에 누워 있던 그는 걷는다는 것 자체를 상상할 수 없었을 것이다. 하지만 나는 포기하지 않았다.

며칠 후, 그는 망설이며 자리에서 일어섰다. 힘겹게 첫 발을 떼는 모습이 마치 갓 걸음마를 배우는 아이처럼 보였다. 그리고 몇 주 후, 그는 배수관을 제거하고 자신의 발로 걸어서 퇴원했다.

"이제 난 새 삶을 살 수 있을 것 같아요."

그가 눈물을 흘리며 말했다. 나도 그를 보며 기뻐했다. 그러나 전쟁은 너무도 길고, 너무도 잔인했다.

두 번째 이별

나는 전쟁 속에서도 조선을 떠나지 않으리라 다짐했다. 그러나 현실은 나의 의지대로 되지 않았다.

전선이 밀고 내려오면서 부산에도 불안한 기운이 감돌기 시작했다. 유엔군이 병원선과 선교사들에게 철수를 명령했다. 피난민들의 안전을 보장할 수 없으며, 외국 의료진은 더 이상 보호받을 수 없다는 것이 이유였다.

나는 깊은 갈등에 빠졌다.

떠나야 하는가, 남아야 하는가.

그러나 선택의 여지가 없었다. 나는 이곳에서 계속 남아 환자들을 치료하고 싶었지만, 미 대사관은 즉각 조선을 떠나야 한다고 통보했다.

나는 무거운 마음으로 짐을 꾸렸다.

떠나기 전, 나는 마지막으로 병원을 찾았다. 거기엔 여전히 치료받아야 할 환자들이 있었다. 다시 돌아오겠습니다.

그렇게 나는 또다시 내가 치료해야 할 환자들을 남겨두고 조선을 떠났다. 내 의지와 상관없이 떠나와야 했다.

이화여대 총장의 초청으로 다시 온 머래이

돌아온 조선, 그리고 마지막 떠남

나는 다시 조선으로 돌아왔다.

1941년, 일본의 강제 추방으로 떠났고, 1950년, 전쟁의 포화 속에서 또다시 조선을 등져야 했다. 그러나 내 마음은 한순간도 이곳을 떠난 적이 없었다. 나는 언제나 조선을 그리워했고, 조선을 위해 기도했다. 그리고 마침내, 1961년, 한국 정부의 공식 초청을 받았다.

그 소식을 들었을 때, 나는 한동안 아무 말도 할 수 없었다. 수많은 이별과 재회의 기억들이 머릿속을 스쳐 지나갔다. 조선이 나를 다시 불러주었다. 나는 더 늦기 전에 그곳으로 가야 했다.

달라진 조선, 변하지 않은 마음

비행기가 인천 공항에 착륙할 때, 나는 창밖을 바라보았다. 20년 전, 내가 떠났던 조선과는 너무도 다른 모습이었다. 폐허 같았던 도시에는 빌딩이 세워지고, 거리에는 사람들이 활기차게 움직이고 있었다. 하지만 내가 찾고자 했던 것은 새로운 건물이 아니라, 내가 사랑했던 그 사람들이었다.

서울에 도착하자, 많은 사람들이 나를 반겨주었다. 어떤 이들은 나를 기억하고 있었고, 어떤 이들은 나의 이야기를 듣고 찾아왔다.

"닥터 머레이, 정말 다시 오셨군요."

한 노인이 내 손을 꼭 잡았다. 그의 눈에는 눈물이 고여 있었다. 나는 그의 얼굴을 바라보았다. 낯익은 모습이었지만, 전보다 더 깊은 주름과 세월의 흔적이 보였다. 그는 내가 함흥에서 치료했던 한 소년이었다.

"어린 시절 선생님께 치료받고, 이제는 제 아이들도 선생님의 이야기를 듣고 자라고 있습니다."

나는 그의 손을 잡으며 미소 지었다. 이것이 내가 조선을 떠날 수 없었던 이유였다.

마지막 사명

나는 이번 방문에서 한국 의료 발전을 돕는 일을 맡게 되었다. 한국 정부는 전쟁 이후 붕괴된 의료 시스템을 재건하는 데 도움을 요청했고, 나는 기꺼이 힘을 보태기로 했다.

나는 병원을 둘러보며, 후배 의사들에게 내 경험을 전수했다. 당시 한국 의료진은 여전히 현대 의학의 최신 기술을 익히지 못한 상태였고, 나는 그들에게 선진국의 치료법을 가르쳤다.

특히, 나는 흉부외과와 소아과 치료에 중점을 두었다. 한국 전쟁 때 폐 질환으로 치료받지 못했던 수많은 환자들을 기억하며, 나는 그들의 아픔을 조금이라도 덜어주고 싶었다.

나는 다시 수술실에 섰다.

다시 조선의 아이들을 치료했다.

다시 조선의 환자들과 함께했다.

그러나 이번에는 알았다. 이것이 내 마지막 방문이 될 것이라는 것을.

마지막 떠남

몇 년 동안 한국에서 머물며 의료 발전을 도왔지만, 내 몸은 점점 지쳐가고 있었다. 나이와 건강이 허락하지 않았다. 나는 더 이상 젊지 않았고, 이곳에서 나의 역할은 점점 줄어들고 있었다.

나는 이곳에서 많은 사랑을 받았다.

이곳에서 많은 사랑을 받았고, 많은 사랑을 주었다.

1969년, 나는 건강상의 이유로 조선을 떠나야 했다. 캐나다로 돌아가며, 나는 조선을 위해 기도했다. 조선 사람들은 나에게 단순한 환자가 아니었다. 그들은 나의 친구이자 가족, 그리고 내가 사랑하는 사람들이었다

그렇게 나는 나를 필요로 하는 사람들을 남겨두고 떠나야만 했다. 25세의 푸른 꿈을 조선의 땅에서 그들과 함께 울며 웃었다. 공항에서 비행기를 기다리는 동안, 내가 사랑했던 조선을 바라보았다. 내 인생의 대부분을 조선에서 보냈다. 일본의 감시속에서, 수많은 사람들이 전쟁의 고통속에서도 조선은 내가 머물러야 했던 곳이었다. 때로는 외로웠고, 때로는 절망스러웠지만, 조선의 사람들과 함께하는 순간순간이 나의 삶을 더욱 깊고 풍요롭게 만들어 주었다.

나는 조선을 사랑했다.

그리고 그 사랑은 단 한 번도 변한 적이 없었다.

플로랑스 머레이를 호명하면서

그녀는 네 차례나 자신의 뜻이 아닌 운명의 거센 흐름에 떠밀

려 한국을 떠나야 했지만, 그때마다 다시 돌아왔다. 조선은 그녀의 운명이었고, 그녀의 삶 그 자체였다. 1941년, 일본의 강제 추방으로 떠났고, 1950년, 한국전쟁의 포화 속에서 어쩔 수 없이 다시 떠나야 했다. 전쟁이 끝난 후 그녀는 다시 한국을 찾았지만, 건강과 여러 현실적인 이유로 또다시 이별을 맞아야 했다. 그러나 대한민국이 그녀를 다시 불렀다.

1961년, 한국 정부의 공식 초청을 받은 닥터 머레이는 다시금 한국 땅을 밟았다. 이번에는 단순한 방문이 아니었다. 그녀에게는 새로운 사명이 주어졌고, 그녀는 그 희망과 사명을 가슴에 품고 원주로 향했다.

독립을 꿈꾸는 이들과 함께한 시간

닥터 머레이의 조선에서의 시간은 단순한 의료 활동이 아니었다. 그녀는 조선을 치유하고 있었다. 일제강점기, 그녀는 함흥과 만주의 용정에서 수많은 조선인 환자들을 돌보았다. 가난한 이들, 병든 아이들, 그리고 이름조차 밝힐 수 없는 사람들이 그녀를 찾아왔다.

그중에는 독립운동가들도 있었다.

그들은 총상과 고문의 흔적을 몸에 새긴 채, 조용히 병원을 찾아왔다. 어떤 이는 일본군의 추적을 피해 달아나던 중 중상을 입었고, 어떤 이는 심한 매질을 당해 뼈가 부러진 채로 숨을 죽이고 있었다.

그녀는 아무것도 묻지 않았다.

단지, 치료했다.

그녀는 그들을 위해 피를 닦아주었고, 부러진 뼈를 맞추었으며, 지친 손을 꼭 잡아주었다. 그녀의 병원은 단순한 치료의 공간이 아니었다. 그곳은 조선의 자유를 위한 조용한 피난처였다.

가장 소외된 곳에서 피어난 희망

전쟁이 끝난 후, 그녀가 다시 한국을 찾은 곳은 함흥도, 용정도 아닌, 원주로 향했다. 원주에는 함흥과 용정에서 피난을 왔던 사람들이 많이 살았다. 그녀가 도착한 원주는 의료 서비스가 절대적으로 부족했다. 작은 마을과 깊은 산골 곳곳에는 병마에 신음하는 사람들이 있었지만, 적절한 치료를 받을 길이 없었다. 가난과 병이 사람들의 삶을 짓누르고 있었고, 그녀는 그들에게 자신의 두 손을 내밀었다.

그녀가 선택한 길은 화려한 병원이 아닌, 사회에서 가장 소외된 이들을 위한 헌신이었다.

그녀는 특히 여성 환자들과 결핵 환자, 그리고 나병 환자들을 치료하는 데 힘을 쏟았다. 그 누구도 가까이 가려 하지 않았던 그들에게 다가가 손을 잡고, 그들의 상처를 어루만졌다. 그녀의 손길이 닿는 곳마다 희망이 피어났고, 그녀의 따뜻한 시선이 머무는 곳마다 삶을 향한 용기가 움트기 시작했다.

이동병원, 길 위의 기적

1960년대, 그녀는 미국의 복지 단체로부터 이동병원 차량을 지원받았다. 이것은 단순한 차량이 아니었다. 그것은 마치 달리는 병원, 움직이는 기적과도 같았다.

그녀는 그 이동병원과 함께 원주 인근의 농촌과 산간 지역을 돌며 길 위의 의사가 되었다.

좁은 산길을 따라 먼지를 뒤집어쓴 채 굽이굽이 돌아가면, 그녀를 기다리는 마을 사람들이 보였다. 무너져 가는 초가집에서, 허름한 마을 회관에서, 혹은 이름 없는 들판 한가운데에서 그녀는 환자들을 만났다. 그들은 병원에 갈 수 없었기에, 그녀가 직접 병원이 되어 찾아간 것이었다.

한번은 깊은 산속에서 나병 환자를 만났다. 오랫동안 치료받지 못한 그의 손가락은 이미 변형되어 있었고, 그의 눈에는 희망을 잃은 사람들만이 가질 수 있는 깊은 어둠이 서려 있었다. 그러나 그녀는 조금도 주저하지 않고 그의 손을 잡았다. 그리고 조용히 말했다.

"당신은 혼자가 아닙니다."

그 한마디가, 그의 인생을 바꿔놓았다. 그녀는 단순히 질병을 치료하는 사람이 아니었다. 그녀는 병든 육신뿐만 아니라, 병든 마음까지도 치유하는 의사였다.

한국 의료의 초석을 놓다

그녀는 단순한 진료를 넘어, 한국의 의료 발전을 위한 큰 걸음을 내디뎠다. 1969년, 원주 세브란스 병원의 설립에 기여하며 한국 의료 역사에 또 하나의 족적을 남겼다. 이 병원은 이후 수많은 환자들을 치료하며, 그녀의 헌신과 사랑을 이어가는 공간이 되었다.

그녀가 이룬 것은 단순한 의료 봉사가 아니었다.

그녀는 '치료'라는 이름으로 사랑을 실천했고, '봉사'라는 이름으로 생명을 살렸다.

그녀의 헌신은 단순한 선행이 아니었다. 그것은 하나의 역사였고, 하나의 기적이었다.

머레이가 남긴 것

닥터 머레이는 평생을 결혼하지 않았다. 그녀의 가족은 한국의 사람들이었고, 그녀의 삶은 한국 그 자체였다. 그녀는 한 개인의 이익이나 행복을 위해 살지 않았다. 그녀는 오직 '다른 이들의 행복'을 위해 살았다.

그녀가 우리에게 남긴 것은 단순한 의료 기술이나 봉사의 기록이 아니다.

그녀가 남긴 것은 진정한 사랑이란 무엇인가에 대한 대답이었다.

그녀의 발자취는 한국과 캐나다의 우정을 넘어, 전 세계적으로 사랑과 나눔의 본보기가 되고 있다. 그녀가 걸어간 길을 따라, 수많은 사람들이 새로운 희망을 품게 되었고, 그녀가 남긴 정신은 여전히 수많은 사람들의 가슴속에서 살아 숨 쉬고 있다.

　그녀는 할리팍스에서 91세로 떠났지만, 그녀의 조선에 대한 사랑은 영원히 남아 있다.

조선의 광복을 꿈꾼 일본인 독립 운동가
– 가네코 후미코, 후세 다쓰지

이 윤옥
(시인, 한일문화 어울림연구소장)

한국외대 문학박사. 일본 와세다대학 객원연구원, 한국외대연수평가원 교수를 역임했으며 한일문화어울림연구소장으로 활동 중이다. 지은 책으로는 『동고동락 부부독립운동가 104쌍 이야기』, 『인물로 보는 여성독립운동사』, 『46인의 여성독립운동가 발자취를 찾아서』, 시와 역사로 읽는 『서간도에 들꽃 피다』(전10권), 『여성독립운동가 300인 인물사전』 등 여성독립운동 관련 저서 20권 외 다수.

조선의 광복을 꿈꾼 일본인 독립 운동가
- 가네코 후미코, 후세 다쓰지

이 윤옥 (시인, 한일문화 어울림연구소장)

2025년 3월 현재, 97명의 외국인이 독립유공자 서훈받아

지난해(2024) 3월 초순, 삼일절 105주년을 맞이하여 서울역KTX 3층 전시장에서는 아주 뜻깊은 시화전이 열렸다. 시화전 주제는 '조국 독립을 위해 숭고한 삶을 살다 간 여성독립운동가들의 발자취'로 모두 40점의 시화(詩畫) 작품이 선보였다. 이날 전시된 작품을 그린 이는 한국화가 이무성 화백이고 시는 필자가 썼다. 전시 작품 40점 가운데 유달리 기억에 남는 여성독립운동가들이 있다. 그 이름은 호주 여자 선교사 출신의 마가렛 샌더먼 데이비스(2022년 애족장), 이사벨라 멘지스(2022년 건국포장), 데이지 호킹(2022년 건국포장)이다.

지난해 전시한 호주 독립운동가 (마가렛 샌더먼 데이비스, 이사벨라 멘지스, 데이지 호킹) (왼쪽부터, 이무성 화백 그림)

이 3명을 포함하여 외국인 신분으로 한국의 독립을 위해 헌신한 공로로 서훈을 받은 분들은 2025년 3월 현재 97명(국가보훈부 자료)이다. 이들을 국가별로 살펴보면 대한민국임시정부를 적극적으로 도운 장개석(蔣介石, 1953년 대한민국장) 등 중국 국적자가 41명으로 가장 많다. 뒤를 이어 미국 국적자는 호레이스 뉴튼 알렌(1950, 독립장) 등 21명, 러시아 국적자는 김알렉산드라(2009, 애국장) 등 14명, 영국 국적자는 조지 루이스 쇼(1963, 독립장) 등 6명, 캐나다 국적자는 1919년 4월 일본군의 수원 제암리교회 학살 방화 사건을 전 세계에 알린 프랭크 윌리엄 스코필드(1968, 독립장) 등 6명이다. 이 가운데 일본인은 남편인 독립투사 박열과 함께 일본 천황 타도를 꾀하다 23살 꽃다운 나이에 사형선고를 받고 일본에서 순국한 가네코 후미코 지사와 1919년 도쿄에서 2.8독립선언을 발표하며 독립운동을 한 조선인 유학생들의 변론을 맡아 준 후세 다쓰지 변호사를 들 수 있다.

이번 제9집 《애국지사들의 이야기》에서는 '외국인 출신으로 조선의 독립을 도운 독립운동가'들 가운데 일본인 출신인 가네코 후미코 지사와 후세 다쓰지 변호사의 삶에 대해 살펴보고자 한다.

〈1〉 한국인보다 더 한국을 사랑한 '가네코 후미코'

죽음보다 더
견디기 힘든
일제 폭력에 항거하며

자유를 갈망하던
조선인 남편 도와
저항의 횃불을 높이 든 임

그 횃불 타오르기 전
제국주의 비수 맞아
스물셋 꽃다운 나래 접고

조선땅에 뼈를 묻은
임의 무덤 위로

해마다 봄이면
푸른 잔디
곱게 피어나누나.

– 필자 시《서간도에 들꽃 피다》(제10권), '가네코 후미코' 수록 –

　　경북 문경시 마성면 샘골길에는 부부독립운동가 박열(1902
~1974)과 부인 가네코 후미코(金子文子, 1903~1926) 지사의
발자취를 더듬어 볼 수 있는 〈박열의사기념관〉이 있다. 또한
경내에는 '일제에 저항하며 자유의 횃불을 높이 들었던 가네코
후미코의 무덤'도 자리하고 있어 기념관을 찾는 이들의 발걸음
을 멈추게 한다.

경북 문경시 '박열의사기념관' 공원 안에 있는 가네코 후미코 무덤

가네코 후미코는 1903년 일본 요코하마에서 태어나 어머니가 재혼하는 바람에 9살 때 조선에 살고 있던 고모집에 보내진다. 말이 고모이지 새아버지의 여동생 집이었기에 사실상 거의 남이나 마찬가지인 상황이었다. 이곳에 맡겨진 가네코 후미코는 하녀 취급을 받으며 16살이 될 때까지 7년을 보냈다. 이때의 '조선 경험'은 훗날 그가 조선에 대한 남다른 애정을 갖게 된 중요한 계기가 된 것으로 보인다. 특히 일본으로 돌아가기 전, 조선에서 몸소 겪은 1919년 3·1만세운동 현장은 오랫동안 가네코 후미코의 가슴 속에 남아 있었을 것이다. 억압과 압제 속에서도 굴하지 않고 고군분투하던 조선인들의 삶의 모습은 그녀가 일본의 형무소에 수감되어 기록한 일기 등에서 감지된다.

　1920년 봄, 도쿄로 돌아간 가네코 후미코는 신문팔이, 가루비누 행상, 식모살이, 식당 종업원 등을 전전하면서도 학업의 끈을 놓지 않았다. 이때 사회주의자, 무정부주의자들과 만나면서 사회주의 사상에 눈뜨기 시작했는데 특히 조선인 무정부주의자인 청년 박열과의 만남은 가네코 후미코의 인생을 바꿔 놓는 계기가 되었다. 어린 시절 하녀 취급받으며 조선에서 지낼 때 가네코 후미코는 일본 제국주의의 희생물로서 고통받는 식민지 조선인과 가족제도의 희생물로 노예처럼 살아온 자신을 동일하게 여기고 그 정점이 천황제라고 인식하기에 이른다. 가네코 후미코는 1922년 봄부터 박열과 함께 독립투쟁 노선에 뛰어드는데 이 무렵 일본 사상계의 효시로 평가되는 흑도회(黑

濤會) 기관지 ≪흑도(黑濤)≫ 창간호를 펴냈다. 이어 동지이자 남편인 박열과 함께 무정부주의자 단체인 흑우회를 결성하고 11월에 《불령선인(不逞鮮人): 일제강점기, 불온하고 불량한 조선인이라는 뜻으로, 일본 제국주의자들이 자기네 말을 따르지 않는 한국 사람을 이르던 말》을 창간하여 1923년 6월까지 4호를 펴냈다. 또한 1923년 4월에는 남편과 함께 대중 단체인 '불령사(不逞社)'를 조직하여 활동하는 등 가네코 후미코의 열성적인 활동은 모두 이 무렵에 이뤄졌다. 그러나 이들의 이러한 투사적인 활동은 1923년 9월 1일 관동대지진 시에 체포됨으로써 그 활동이 중단되고 말았다.

서슬 퍼런 제국주의 심장 일본 도쿄에서 천황 타도에 앞장섰던 박열·가네코 후미코 부부의 삶을 이해하기 위해서는 1923년 9월 1일 오전 11시 58분, 일본 간토(관동) 일대를 강타한 이른바 '간토대지진'을 이해하지 않으면 안 된다. 진도 7.9의 초강진이 발생하자 야마모토 곤베(山本權兵衛) 내각은 사나워진 민심을 돌리기 위해 도쿄 전역과 가나가와현에 계엄령을 확대 시행하고 지진 발생 이튿날부터 조선인 폭동설을 조직적으로 유포시켜 수많은 조선인을 검거하기에 이른다. 이때 박열·가네코 후미코 부부는 보호검속(保護檢束, 공공의 안전을 해롭게 하거나 죄를 지을 염려가 있는 사람을 경찰에 잠시 가둠)이란 명목으로 체포되었다. 대지진을 수습해야 하는 군부와 경찰은 위장 단체인 자경단(自警團)을 조직하여 불령선인(不逞鮮人)

이란 이름 아래 조선인들을 무차별적으로 학살하기 시작했다.

간토대지진(관동대지진) 때 자경단으로 위장한 일본 경찰들이 조선인을 학살하고 있는 모습

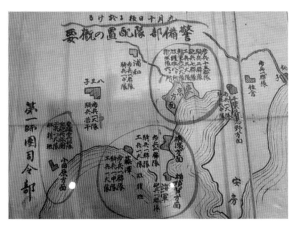

간토대지진 때 일본 군경의 개입은 없었고 주민들이 마을을 지키려고 조직한 '자경단'이 있었을 뿐이라고 일본은 주장했지만 〈제1사단사령부〉에서 만든 보병15부대, 기병2부대 등의 군부대 배치가 명확히 기록되어 있는 '경비부대배치도개요'가 세상에 드러나 조직적인 군경의 개입이 있었음을 입증해주고 있다.

간토대지진 당시 일제가 조선인 학살을 규탄한 하와이동포들의 동정을 보도한 기사(신한민보 1923년 11월 8일)에 따르면 6,380여 명이 구속되었다고 한다. 당시 계엄군과 경찰에 의해 검속된 사람 가운데 박열·가네코 후미코 부부를 비롯한 불령사 동지들 16명도 포함되었다. 이들은 한 달 뒤인 10월 20일 '대지진 중 혼란을 틈타 천황 암살을 기도한 불령선인 비밀결사'의 혐의로 기소되었으며 이듬해인 1924년 1월, '대역죄인'으로 구속·수감되었다. 이 과정에서 박열·가네코 후미코 부부는 조선인 대학살에 대한 비난을 모면하려는 일본 정부에 목숨을 구걸하기보다는 '일제의 만행을 고발하는 투쟁'을 벌이기로 했다. 이들은 수차례의 회유에도 불구하고 전향을 거부한 채 예심 판사에게 천황을 처단하기 위한 폭탄 유입 계획을 당당히 밝혔다.

천황제 반대와 일왕 살해 기도 죄로 잡혀
재판정에 들어서는 박열, 가네코 후미코 부부 기사(박열의사기념관 제공)

그 결과, 1926년 2월 26일 도쿄 대심원 법정에서 열린 공판에서 박열·가네코 후미코 부부는 일왕 살해를 기도한 이른바 '대역죄'로 사형을 선고받았다. 죄 중에서도 가장 무거운 '사형'을 선고받기 한 달 전 이들은 혼인신고서를 제출하여 정식 부부가 되었으며 죽어서도 영원히 함께 하자고 맹세했다. 사형이 선고된 뒤 두 사람은 각각 지바(千葉) 형무소와 도치키(栃木) 형무소로 이감되었는데 열흘 뒤 '대사면 은사(恩賜)'에 의해 무기징역으로 감형되었다.

박열·가네코 후미코, 《주부의 벗(主婦之友)》(1926.3월호)

　그러나 가네코 후미코는 그해(1926) 7월 23일, 옥중에서 의문의 죽음을 당했다. 가네코 후미코 나이 스물세 살 때 일이다. 당시 교도소 측에서는 그녀의 죽음을 '자살'로 발표했으나 일설에는 '타살 의혹'이 줄곧 제기되어 왔다. 이러한 주장은 후지

와라 레이코(藤原麗子) 씨의 〈문경에서, 2017〉이라는 글에서 당시 가네코 후미코가 임신 중이었는데 스스로 목숨을 끊었다고 보기에는 의문이 따른다는 지적으로도 짐작할 수 있다. 또한 야마다 쇼지(山田昭次) 씨도 《가네코 후미코 : 자신·천황제 국가·조선인(金子文子 : 自己·天皇制國家·朝鮮人)》이란 책에서 "후미코 유족이 자살을 믿을 수 없다고 조사를 요청했으나 간수측의 방해로 사망 경위가 불명인 채로 남아있다."고 증언한 사실에서도 '자살 처리'는 받아들이기 어려운 상황이다. 가네코 후미코의 주검은 옥사한 그해, 1926년 11월 5일, 남편 박열의 선영(경북 문경)에 안장되었으며 2003년 11월 박열의 사기념관 공원 안, 현재의 터로 이장하여 영면에 들었다.

한편, 박열 의사는 대역죄명으로 사상 유례없는 22년 4개월 간을 일본의 형무소에서 감옥살이를 해야했다. 특히 1945년 8월, 죄수들의 석방이 대거 이뤄졌지만, 일제는 72일이나 지난 10월 27일까지 박열 의사를 대역사범(천황살해기도죄)이라고 풀어주지 않았다. 이에 원심창, 이강훈, 김천해 등 동료들이 맥아더 연합군 총사령부 앞으로 석방 탄원서를 제출한 끝에 1945년 10월 홋카이도에서 44살이 되어서야 풀려날 수 있었다. 박열 의사는 석방 뒤 1946년 10월 3일 재일본조선거류민단을 결성하여 초대회장을 맡아 활약했다. 이듬해 조국으로 귀환하였으나 1950년 한국전쟁 때 납북되어 1974년 북한에서 숨을 거두었다. 박열 의사(義士)는 1989년 건국훈장 대통령장을 추서받았고, 가네코 후미코는 2018년 11월 17일, 일본인으로는 후세 다쓰지 변호사에 이어 두 번째로 한국정부로부터 건국훈장 애국장을 추서받았다.

〈2〉 2·8도쿄독립선언을 주도한 조선인 유학생 변론을 맡아 준 '후세 다쓰지' 변호사

후세 다쓰지(布施辰治, 1880-1953) 변호사는 한평생을 사회적 약자 편에 서서 소외된 이들의 벗이 되어 그들의 손을 잡아주고 법률 변호를 맡아주었던 민중 변호사였다. 특히 1919년 2월 8일, 도쿄에서 2·8독립선언을 하다 잡혀간 조선인 유학생들의 변론뿐만이 아니라 3·1만세운동 때는 "조선 독립운동에 경의를 표한다"는 글을 발표할 정도로 조선과 조선인에 대한 깊은 사랑을 지녔던 일본인이다.

후세 다쓰지 변호사(왼쪽)와 일본인 최초로 한국의 건국훈장을 받은
후세 다쓰지 변호사에 대한 강연회 포스터(2005)

후세 다쓰지 변호사는 1880년 일본 미야기현 오시카군(현, 이시노마키시)의 한 농가집에서 태어났다. 고향에서 심상소학교를 졸업한 뒤 고등과에 진학하지 않고 한자 서당에서 한학을 공부했다. 제자백가 중에 묵자(墨子)의 겸애주의(兼愛主義)에 관심을 보였는데 겸애주의란 보편적인 사랑 곧 모든 사람이 사회적 지위, 부, 민족에 관계없이 동등하게 서로를 사랑하고 돌봐줘야 한다는 사상을 말한다. 그는 훗날 사법관 시보를 그만둘 때 발표한 〈사직의 글〉에서 "나를 언제나 감싸는 사회정책으로서의 겸애주의"라는 말을 자주 했는데 이는 자신과 타자를 동일하게 사랑해야 한다는 겸애주의 입장에서 인간의 평등성을 찾은 것으로 보인다. 이러한 시각은 차별과 억압을 받는 이민족으로서의 조선인에 대한 평생 후세 다쓰지의 따스한 시선의 원동력이었다. 후세 다쓰지는 1899년 고향을 떠나 도쿄로 상경하여 메이지 법률학교에 입학했다. 그가 대학 진학을 꾀한 것은 '박애주의의 이상 아래 약육강식의 현실을 없애고 이를 실행시킬 철학을 적용하기 위해서는 학식과 장기간의 공부가 필요하다. 법률은 도덕과 더불어 사회생활의 원리이기 때문에 이에 관한 공부를 해야한다.'고 생각했기 때문이다.

후세 다쓰지 변호사가 조선에 관심을 갖기 시작한 것은 1919년 3·1만세운동을 전후한 시기로 보인다. 그는 '다이쇼(大正) 데모크라시 운동'을 배경으로 사회적으로 분출된 보통선거운동과 사회단체의 결성을 통해 '전통적인 변호사'로부터

'민중의 변호사'로 변신하겠다는 장문의 '자기 혁명의 고백'을 선언하였는데 1920년 5월에 발표된 '자기 혁명의 고백'의 첫 부분을 보면,

"인간은 누구든 자신이 어떠한 삶을 살아나가는 것이 좋은가에 대해 진정한 자신의 소리를 들어야 한다. 이는 양심의 소리이다. 나는 그 소리에 따라 엄숙히 '자기 혁명'을 선언한다. 사회운동의 급격한 조류를 느끼지 않을 수 없다. 종래의 나는 '법정의 전사(戰士)라고 말할 수 있는 변호사'였다. 하지만 앞으로는 '사회운동에 투신한 변호사'로서 살아나갈 것을 민중의 한 사람으로서 민중의 권위를 위해 선언한다. 나는 주요 활동 장소를 법정에서 사회로 옮기겠다."

－《법정에서 사회로(法廷より社會へ)》(1920.5)－

고 선언했다.

이것은 그가 민중 변호사라는 이름으로 평생을 살고자 첫발을 내 딛은 굳은 결심의 표현이었다. 이는 곧 '전통적인 변호사'로부터 '민중의 변호사'로 변신하겠다는 뜻이며 입신출세하여 경제적으로 부유해지는 비굴한 삶을 거부하고 평생 사회적 약자와 더불어 살겠다는 의지의 표명이었다. 더 나아가 후세 다쓰지 변호사의 구체적인 활동 사안에 대한 결심을 보면 그가 어떠한 자세로 변호사의 길을 걸어갈 것인가에 대한 철학이 엿보이는 대목이 있다.

1. 관헌에게 부당한 부담을 강요받은 사람의 사건

2. 자본가와 부호의 횡포에 시달리는 사람의 사건

3. 관헌이 진리의 주장에 간섭하는 언론범 사건

4. 사회운동에 대한 탄압과 투쟁하는 무산계급의 사건

5. 인간차별에 맞서 투쟁하는 사건

6. 조선인과 대만인의 이익을 위해 투쟁하는 사건

위의 결심을 통해 그는 일본 내의 사회문제만이 아니라 조선인의 이익을 위해 투쟁하는 사건에도 직접 나서겠다고 선언하고 있다. 그가 1924년, 일본 황거에 폭탄을 투척한 김지섭 지사(1962 대통령장)의 변론과 1926년 일왕 및 왕족을 살해하려는 거사로 체포된 박열·가네코 후미코 부부의 변론을 맡게 된것은 바로 이러한 후세 다쓰지 자신의 '민중에 대한 철학'이 밑바탕이 된 것이었다. 특히 식민통치를 철저히 비판하고 일왕을 살해하려는 혐의로 구속된 박열·가네코 후미코 부부의 변론은 후세 변호사 자신의 목숨을 건 법정투쟁이었다. 더구나 이 과정에서 의문의 죽음을 당해 형무소 뒤뜰에 버려진 가네코 후미코의 주검을 거두어 자신의 집에 안치했다가 박열의 고향으로 운구해 장사를 지내 준 것도 후세 다쓰지 변호사가 아니면 결코 실행할 수 없는 일이었다고 본다.

1927년 방한 직전의 후세 다쓰지 변호사

후세 다쓰지 변호사는 1923년 이후 세 차례에 걸쳐 한국을
방문해 의열단원 김시현(金始顯)의 조선총독부 요인 암살 기도
사건, 제1·2차 조선공산당 사건 등에 대한 무료 변론도 맡았
다. 이 일로 1930년대에만 3회에 걸쳐 변호사 자격을 박탈당
하고, 두 번이나 투옥되는 등 어려움을 겪으면서도 그는 한결
같이 조선 사랑의 끈을 놓지 않았다. 특히 후세 다쓰지 변호사
는 간토대지진 시에 일본인에 의한 조선인 학살에 대해 당국의
태도를 비판하면서 다음과 같은 말을 남겼다.

"생각하면 생각할수록 너무나도 무서운 인생의 비극입니다. 너무나도 가혹한 비극이었습니다. 특히 그중에는 조선에서 온 동포의 마지막을 생각할 때, 저는 애도할 말이 없습니다. 또 어떤 말로 추도하더라도 조선동포 6천의 유령은 만족하지 않을 것입니다. 그들을 슬퍼하는 천만 개의 추도의 말을 늘어놓더라도 그 사람들의 무념에 가득찬 마지막을 추도할 수 없을 것입니다.…… 학살은 계급투쟁의 일단이었습니다. 우리의 동지가 죽음을 당한 것도 6천의 동포가 그러한 처지에 직면한 것도 우리가 계급투쟁에서 패배했기 때문입니다."

-《대동공론(大東公論)》(1924.11)-

일본의 패전과 더불어 후세 다쓰지 변호사는 1946년 〈조선 건국 헌법 초안 사고〉를 조선인들과 공동으로 집필했다. 이는 재일조선인의 의견을 수렴하여 집필한 것으로 '해방' 이전부터 조선 문제를 다뤄오던 후세다운 모습이었다. 이러한 후세 다쓰지의 '조선 사랑' 마음은 그의 장례식에 보인 조선인들의 태도에서도 잘 나타난다. "후세 다쓰지 선생님은 우리 조선인에게 정말로 아버지, 맏형 같으며 또한 구원의 배와 같은 귀중한 존재였습니다. 지금 여기서 우리가 영원히 선생님과 이별할 수밖에 없게 된 것은 가슴이 찢어지도록 슬픈 일입니다."

후세 다쓰지 변호사는 식민지 조선인의 진정한 '벗'이자 '동지'였다.

1953년 9월 24일 장례식장 모습, 영정 좌우로 '살아야 한다면 민중과 함께, 죽어야 한다면 민중을 위하여'라는 문구가 보인다. 〈국가보훈부 제공〉

　일본의 양심인 후세 다쓰지 변호사는 '살아야 한다면 민중과 함께, 죽어야 한다면 민중을 위하여'라는 말을 남기고 1953년 9월 24일 73세를 일기로 숨을 거두었다. 정부는 후세 다쓰지 변호사의 한국을 위한 독립운동 업적을 기려 일본인 최초로 2004년 건국훈장 애족장을 추서했으며 〈2023년 5월의 독립운동가〉로 선정하여 그의 업적을 기렸다.

애국지사 후손 이야기

주 종필 (의학박사, 전 경희대학교 의과대학 교수)
주 현측(朱賢則)의 저항의 삶, 치유와 연민의 생애

손 정숙 (이사, 수필가)
애국지사 주 현측 박사 후손, 일암 주 정균 박사의 삶

주 현측(朱賢則)의 저항의 삶,
치유와 연민의 생애

주 종필(의학박사, 전 경희대학교 의과대학 교수)

주 현측(1883년 7월 7일 생), 한국 독립운동가

부친, 주 백영의 영향으로 의학에 뜻을 두어 한국 최초 의사 7인중 1인이 됨. 졸업 후 고향 선천에서 인제의원을 개원, 주민들의 건강을 책임지며 국권회복을 위한 비밀 결사인 신민회가 창립되자 평안북도 지회에서 활동, 1912년 105인 사건으로 2년간 옥고 치름. 3.1 운동후 상해로 망명하여 상해임시정부 재무부 참사, 상해 교민단 의사원, 대한적십자 상의원직을 역임. 안창호 선생과의 친우관계로 흥사단 천진지부 총무 겸 재무담당. 1925. 5월 귀국후 동제의원을 개원, 고아원 경영에 참여 토지 5000평을 기증하시며 평북도내 유일한 고아원인 대동고아원 원장역임. 이후 선천 YMCA 회장 역임. 수양동우회사건에 연루, 2년간의 옥고를 치렀다. 1942년 미국 선교사를 통해 상해임시정부에 군자금 송금 사실이 탄로되어 심한 고문의 후유증으로 그해 3월 25일 해방을 못 보고 순직했다.

머리말

이글은 저의 조부님의 생애에 관하여 조사하고 2008년 6월 의사학잡지 17권 1호에 게재한 홍정완·박형우 교수의 글을 중심으로, 누락된 부분을 보완하여 재편집하였습니다.

조부님은 평생 용기, 연민, 변함없는 애국심의 상징이셨고, 의사, 독립운동가, 기독교 지도자, 지역 사회 옹호자로서 그분의 삶은 가족, 지역 사회, 국가에 대한 엄청난 희생과 봉사의 삶이었음을 뒤돌아 보게됩니다.

한국에서 서양 근대의학의 수용은 구한말을 전후하여 도입된 모든 학문과 마찬가지로 수용 주체의 특정한 사회적 배경과 조건 속에서 이루어진 것이었고, 이후 그것의 기능과 역할 또한 마찬가지였습니다. 한국근대사의 격동하는 사회적 조건 속에서 살아간 초창기 의사들이 근대적인 의료, 교육활동을 넘어서 다양한 민족운동, 사회운동에 참여하지 않을 수 없었던 이유도 거기에서 찾을 수 있을 것입니다. 그럼에도 한말 이후 한국의 서양 근대의학 수용과 이후 그것의 사회적 기능에 관한 그동안의 연구들은 주로 의료와 관계된 기관, 제도, 의사단체 등을 대상으로 제도적, 조직적 차원에서 접근되어 왔기 때문에 수용 주체들의 다양한 사회적 조건과 맞물려 나타난 서양 근대의학 수용의 특성에 대해서는 상대적으로 연구의 진전이 미흡한 실정이었습니다.

최근 들어서 수용 주체들의 사회경제적 배경과 현실인식, 나아가 다양한 사회운동, 민족운동 등과 연계되는 경로에 주목한 연구들이 진전되면서 이에 대한 이해의 폭이 넓어지고 있음을 볼 수 있습니다.

위와 같은 연구들의 연장선상에서 제중원의학교 제1회 졸업생이었던 주현측(朱賢則)의 생애를 통해 한말 이후 서양 근대의학이 수용되는 경로와 이후 각종 운동 흐름들과 접맥되는 양상을 검토해 봅니다.

한말-일제시기 주현측의 활동에 대해서는 그 일부가 밝혀져 정부에 의해 독립운동 유공자로 인정되어 있지만, 그 생애 전반에 대한 실증적인 연구는 미흡한 상황입니다. 여기에서는 기존 연구를 참고로 하면서 특히 조부님의 의료활동과 함께 다양한 사회운동, 민족운동을 전개할 수 있었던 종교적, 경제적, 지역적 기반에 주목하여 그의 활동이 갖는 역사적 의미를 밝혀보고자 합니다.

주요 자료로는 최근 접근이 쉬워진 일제 관헌에 의해 생산된 각종 문헌과 독립운동 관련 자료들을 토대로 하였고, 한말·일제하 기독교 관련 자료와 일제시기 지방지 등을 활용하였습니다.

1. 선천(宣川)과 주현측

주현측(朱賢則, 1883~1942)은 1883년(고종 20년, 명치 16년) 7월 7일 아버지 주백영(朱伯英)과 어머니 강득영(姜得英)의 큰 아들로 평안북도 삭주군(朔州郡) 구곡면(九曲面) 성근리(城根里) 신안동(新安洞)에서 출생하였습니다. 주현측의 개명 전 이름은 형봉(炯鳳)이었습니다. 유년시절은 평안북도 삭주에서 한문을 익히고, 10대 후반이 되던 1901년 부친이 터를 잡은 선천군(宣川郡) 읍내로 이주하였습니다.

주현측은 강형제(康炯濟)와 결혼하여 4명의 아들을 두었는데, 큰 아들 광균은 상해의과대학 졸업, 둘째 성균은 제중원의학교 7회 졸업, 3남 공균은 농업학교, 4남 정균은 일본 가나자와치대를 졸업하고 큰 형과 둘째 형이 폐결핵으로 일찍 소천하자 가업을 잇기 위해 가나자와의대로 다시 재 입학하여 학업을 하다가 1945년 해방으로 말미암아 귀국한 후 서울의대로 편입학되어 1회 졸업생이 되었다.

서양 근대의학의 습득을 비롯한 그의 생애와 활동을 파악하기 위해서는 그가 성장했으며 사회적 활동의 기반이 되었던 지역의 특성과 집안의 종교적·경제적 배경 등을 이해하는 것이 긴요합니다. 그가 성장했던 평안도 지역은 주지하듯이 조선왕조이래 양반사족을 중심으로 한 성리학적 사회질서의 영향력이 크지 않았을 뿐 아니라 대청 무역(對淸 貿易) 등을 통한 신흥 상공층의 성장이 남달랐던 지역으로서 기독교를 비롯한 서구 근대문명의 수용 또한 일찍부터 비교적 용이하게 전개된 곳이 었습니다. 그 중에서 특히 선천(宣川)은 장로회 평안북도 노회가 설치된 곳으로서 일제시기 '한국의 예루살렘'이라 불릴 정도로 기독교 선교활동이 활발한 곳이었으며, 그에 따라 발달한 교회 조직과 신성학교(信聖學校)를 비롯한 기독교 계통 교육기관 등을 축으로 하여 평안남도의 평양과 함께 한말-일제하 기독교민족주의 운동의 주요 거점이었습니다.

부친 주백영이 선천(宣川)으로 이주하게 된 것은 부친의 서거로 인해 형이 독자적으로 모든 재산을 상속한 결과에 따라 삭주를 떠나야 했으며, 당시 선천이 교통의 요지였으므로 자립의 생활을 이루기가 어렵지 않았던 지역요건 때문이지 않았을까 추정됩니다.

선천에서 부친은 노동자, 사진사, 운전사, 한의사 등 온갖 직업을 통한 자수성가에 의해 선천에 만석군의 재산을 이루게 되었음도 선천지역의 특성이 크게 작용한 것으로 사료됩니다. 일부에서는 조부님이 증조부이신 주백영과 관기 이경문 사이에서 태어났다는 보도가 있으나 이것은 사실이 아니며 무슨 의도로 이러한 글을 썼는지 그 의도하는 바가 의심스럽습니다. 증조부이신 주백영은 쌀가마를 양손에 하나씩 드실 정도로 힘이 장사시고 사업수단이 좋으셔서 고향 삭주에서 나오신 후 만석군의 기반을 다지셨고, 선천군의 군수와도 왕래하며 군수에게서 관기를 내려받을 정도의 지위와 재산을 축적하셨다고 합니다. 아마 이러한 것이 잘못 오도되어 관기와의 사이에서 출생 운운하는 말이 발생한 것이 아닌가 의심됩니다.

주현측 집안은 경제적으로는 선천 지역의 부유한 지주였습니다. 일제시기의 자료이긴 하지만 1932년에 발행된 『선천요람(宣川要覽)』의 자산가일람표(資産家一覽表)에 따르면 그의 부친 주백영은 직업이 농업으로 선천읍에 거주하고 있던 3만 원 이상의 자산가로 기재되어 있습니다. 기존 연구의 계산에 따르면 1930년대 전반기 3만원의 자산을 농지 면적으로 환산하면 약 43정보 이상의 규모로 이는 대지주에 해당한다고 합니다.

우리 집안이 기독교인이 된 것은 조모이신 강형제께서 먼저 기독교를 받아들이시고 집안에 이를 전파, 남편과 시아버지까지 온 집안이 기독교의 교인이 되게 하셨습니다. 1897년 선천에 최초로 세워졌던 선천북교회 창립을 금전적으로 도왔으며, 20대 중반의 젊은 나이에도 불구하고 1907년 증조부이신 주백영, 김석창, 백시찬, 장규명(張奎明) 등과 함께 초대 장로가 되셨습니다. 이것은 한말 이래 나타난 관서 기독교세력의 움직임을 감안할 때 단순히 기독교로의 개종이라는 의미에 한정

된 것이 아니었습니다. 그것은 장로가 되던 당시 선천북교회의 목사이자 평북 기독교세력의 핵심 인물이었던 양전백(梁甸伯, 1869-1933)을 비롯한 기독교 민족운동 세력과 연계됨을 의미했을 뿐만 아니라 자신 스스로가 그러한 흐름의 주도세력이 될 수 있는 위치에 놓임을 의미했습니다.

2. 초기 생애와 의료 교육

위와 같은 선천 지역의 특성과 자신의 종교적, 경제적 배경 속에서 1899년부터 1902년까지 김영수에게서 의학 지식을 배우고 평안북도 최초의 선교의료기관이었던 선천 미동병원(美東病院, In His Name Hospital)을 통해 서양 근대의학을 접하게 되었습니다.

1901년 미국 북장로회 의료선교사 셔록스(A. M. Sharrocks, 사락수:謝樂秀)가 설립하여 운영하고 있던 선교의료기관, 미동병원의 설립 직후 주현측은 한의사를 하시던 부친의 강권에 따라 미동병원에 취직하여 4년 동안 의술을 배웠습니다. 그곳에서 주현측은 서양의 방법과 한의학의 전통을 통합하는 것을 생각하면서 현대 의학의 기본 기술을 배웠습니다. 이 경험은 그가 평생 환자치유에 헌신하는 데 영감을 주었습니다.

연세의대 1회 졸업생들과 함께 한 기념사진.(1열 우측)

　그를 눈여겨 본 선교사가 보다 체계적인 의학교육을 받으라고 당시 한성에서 기독교 선교사들이 주도하고 있던 제중원의학교(현 연세의대)에 입학을 강력히 추천하셨고 조부님은 그 권고를 받아들였습니다. 그는 1905년 1월 10일 입학하여 엄청난 업무량에도 불구하고 그는 일본의 식민지 지배 하에서 한국이 겪은 고통에 대한 깊은 우려가 커지기 시작했습니다. 1908년 졸업하고, 의사면허를 취득, 의술개업인허장 6번을 받았습니다. 이때 총독 이등박문이 문화정책의 일환으로 세계에 유래가 없었던 제중원의학교 졸업생 7명에게 의학박사학위를 동시에 주는 일이 벌어졌으나 본인은 한번도 의학박사라는 언급을 하지 않으셨다고 합니다.

3. 인제 의원: 치유와 연민의 등대

1908년 6월 제중원의학교를 졸업한 주현측은 동료 졸업생 7명 중 유일하게 학교에 남지 않고 귀향하였습니다. 이것은 그가 선천에 가지고 있던 지역적 기반과 연관되어 있음을 쉽게 추측할 수 있는데, 1909년 음력 1월부터 선천 읍내의 중심지에 인제의원(仁濟醫院)을 개원하였습니다. 처음에는 부유한 지주였던 아버지로부터 빌린 1,800원으로 운영되었습니다. 이 의원은 곧 지역 사회에 필수적인 자원이 되었고, 현대 의학을 접하기 어려웠던 시기에 절실히 필요한 의료를 제공했습니다. 당시 그의 병원은 선천에서 상당한 주목을 받았던 것으로 보입니다. '105인 사건' 당시 주현측에 대한 심문조서에 따르면 매일 20명에서 많으면 50~60명 정도의 외래환자를 진료하였고, 6~7명에서 많으면 10명 정도의 입원환자를 수용하고 있었으며, 4~5명의 조수를 고용하면서 매월 수입은 200원 정도였음을 밝히고 있습니다.

치료는 의원을 넘어 가정 방문으로 확대되었으며, 주현측은 종종 환자들의 집에서 치료했습니다. 그의 가장 진심 어린 행동 중 하나는 출산 후 산모에게 돈을 남겨 그들이 영양상의 이점으로 알려진 한국 문화의 전통 산후 식사인 미역국을 살 수 있도록 한 것입니다. 그는 이 관행의 문화적, 신체적 중요성을 이해했고 인생에서 가장 취약한 시기에 있는 가족들을 지원하고 싶었습니다. 사업으로서의 성공에도 불구하고 그는 종종 이익보다 환자의 웰빙을 우선시했습니다. 그는 종종 지불할 능력이 없는 사람들에게는 비용을 면제해 주었고 가난한 환자들의 이불 아래에 돈을 몰래 남겨 두었습니다. 그의 철학은 의료가 특권이 아니라 도덕적 의무라는 것이었습니다. 인제병원은 그의 사심없음과 지역 사회에 대한 헌신의 상징이 되었고 가난하고 소외된 사람들에게 희망의 등대 역할을 했습니다. 선천군에서 주현측의 신세를 지지 않은 사람은 거의 없을 정도여서 "신세 안진 사람은 선천 사람이 아니다."라는 말이 있을 정도였다고 합니다.

4. 105인 사건: 저항과 고문

그는 선천에서 병원을 운영하는 가운데 평소에 아주 친하게 지내던 안창호의 인도하에 신민회(新民會)에 가입하여 주로 평안북도 지회에서 활동하였습니다. 주지하듯이 신민회는 다양한 계열의 민족운동세력이 참여하고 있었지만, 안창호·이승훈

등 평안도지역 신지식층, 자산가층으로 이루어진 기독교민족주의 세력이 하나의 주요한 축을 이루고 있었습니다.

　신민회에서 주현측의 활동은 일본 식민지 당국의 주목을 끌었고, 일본 식민지 당국은 모든 형태의 저항을 억압하고자 했습니다. 일제는 신민회 세력의 탄압을 위해 1911년 9월 이른바 '105인 사건'을 일으키는데, 사건에 직·간접적으로 연루된 총 389명 중 선천지역 출신이 불기소 99명, 기소자 46명으로 가장 많았고, 그 다음이 평양(불기소자 84명, 기소자 27명)출신으로 평안도 출신이 대다수를 차지하고 있었습니다. 일본은 주현측을 포함한 신민회 구성원들이 한국에서 가장 높은 지위의 일본 관리인 데라우치 마사타케 총독을 암살하려고 음모를 꾸몄다고 비난했습니다. 이러한 주장은 근거가 없었지만 주현측은 이 사건에 연루되어 1912년 3월 50~60명의 사람들과 함께 선천에서 체포되었습니다. 그는 취조과정에서 신민회의 가

도산 안창호 선생(1열 우측에서 2번째)과 같이 원동대회에서

입 여부와 데라우치 총독 암살계획에 대해 집중적으로 추궁을 받았지만, 재판과정에서 그러한 사실을 모두 부인하면서 고문에 의해 거짓 진술을 한 것이라 답하였습니다. 이는 일본 정부가 민족주의 조직을 해체하기 위해 조작한 음모였습니다.

그는 수감되어 있는 동안 극심한 고문을 견뎌냈습니다. 고문관들은 그의 코에 고춧가루와 물을 섞은 혼합물을 부어 그의 부비동과 목에 염증을 일으켜 거의 숨을 쉴 수 없을 때까지 했습니다. 그는 또한 날카롭고 녹슨 못이 박힌 나무 판자 위를 맨발로 걸어야 했고, 그 못이 그의 발바닥을 찢어버렸습니다. 극심한 고통에도 불구하고, 주현측은 자신이 저지르지 않은 범죄를 자백하거나 동지들을 배신하기를 거부했습니다.

그는 1912년 9월 28일 경성지방법원에서 열린 1심 재판에서 김동원(金東元), 홍성익(洪成益) 등 38명과 함께 징역 6년을 선고받았습니다.

이후 1912년 11월 26일부터 1913년 2월 25일까지 경성복심법원(京城覆審法院)에서 51회에 걸친 2심 재판의 공판을 거쳐, 1913년 3월 20일 윤치호 등 5명을 제외한 나머지 관련자들에 대해 무죄 판결이 내려 석방되었습니다. 그러나 실질적으로 일제에 의해 1910년 말부터 2년에 가까운 기간에 걸쳐 잔혹한 고문과 옥고를 치른 것이었습니다.

그러나 그의 시련의 신체적, 심리적 상처는 평생 그와 함께

했습니다.

　석방된 주현측은 다시 선천으로 돌아와 병원을 열어 환자를 진료하였습니다. 주현측은 관서지역 기독교 민족주의세력이 주축을 이루었던 신민회 활동과 105인 사건을 겪으면서 그들과 보다 직접적으로 연계되었고, 3·1운동 이후 본격적으로 독립운동에 투신한 이후에도 그들과 지속적으로 연계되어 활동하게됩니다.

5. 선천의 3.1 운동: 용기와 리더십

　주현측은 선천에서 3·1운동을 맞았습니다. 1919년 3.1 운동 당시, 주현측은 이미 선천에서 존경받는 지역 지도자로 자리매김했습니다. 이 마을의 독립 활동은 북 교회, 교육자, 신성 학교와 같은 기독교 학교의 학생들이 이끄는 기독교 신앙에 깊이 뿌리를 두고 있었습니다.
　주현측은 이 운동을 계획하고 지원하는 데 중요한 역할을 했습니다.
　선천에서 3·1만세 시위는 그 직전 양전백, 김석창 등 교회의 지도층과 신성학교 등 기독교계 학교의 교원이 주동이 되어 회의한 결과, 지휘를 정상인(鄭尙仁)이 맡고, 통신은 홍성익(洪性益), 백시찬(白時瓚), 계시항(桂時恒), 재무는 주현측(朱現則)이

담당하기로 조직한 후 양전백은 다음 날에 상경하고, 3월 1일 신성학교(信聖學校)의 일례(日例) 기도회에서 홍성익 등의 연설이 있은 다음 읍내로 나아가 선언서를 전파하고, 만세 시위를 전개하였다고 합니다.

선천의 3·1운동은 일본의 식민지 지배에 대한 전국적인 비폭력 시위의 일부였습니다. 이 봉기는 일본 당국의 폭력과 체포로 진압되었지만 그의 참여는 한국의 독립에 대한 그의 평생의 헌신을 강화했습니다. 이 운동은 또한 심화된 박해의 시작을 알리는 것이었고, 그는 결국 한국을 떠나 해외에서 활동을 계속해야 했습니다.

이후 1919년 4월 상해 대한민국임시정부로부터 재무부 참사로서의 활동을 의뢰받은 주현측은 이를 승낙하고, 선천의 기독교계를 토대로 독립운동 자금모집에 나섰습니다. 얼마 지나지 않아 국내에서의 활동이 여의치 않게 되자 신민회 시절부터 함께 활동했던 선우혁(鮮于爀), 홍성익(洪成益) 등과 함께 압록강 대안(對岸)의 만주(滿洲) 안동(安東)[현재 단동(丹東)]을 중심으로 독립운동을 전개하였습니다. 그들은 안동에서 『대한민국신보(大韓民國新報)』라는 신문을 제작하여, 신의주를 비롯한 평안도지역에 배포하는 등 국내 독립운동의 확산에 노력하였고, 1919년 4월에는 안병찬, 조재건, 장자일, 박춘근 등 평안도에서 건너온 여러 독립운동가들과 함께 대한독립청년단을 조직하고 활동하였습니다.

1919년 8월 9일자 안병찬, 선우혁, 주현측 등 대한독립청년
단 21명의 서명으로 배포한 '중화민국 관상보학계 제군(中華民
國 官商報學界 諸君)에게 고(告)함' 이라는 선언문을 살펴보면
주현측을 포함하여 당시 안동에서 활동하고 있던 독립운동세
력들의 지향을 읽을 수 있습니다. 제목에서 드러나듯이 선언문
은 '순망치한(脣亡齒寒)'의 관계로서 중국과 한국의 관계를 강
조하면서 일본의 침략에 대항하여 중국인들에게 '동맹협력' 할
것을 촉구하는 내용이었습니다.

그런데 선언문의 구체적인 내용을 보면 일제가 식민통치를
통해 집회, 결사, 언론, 출판의 자유등을 억압하고 있는 것과
함께 '신교(信敎), 기업(企業)의 자유'를 구속하고 있음을 강조
하고 있다는 점에서 당시 평안도 민족주의 세력의 지향이 담겨
있음을 확인할 수 있습니다. 또한 '공화국임시정부'의 대표로
파리강화회의에 파견된 김규식 등의 외교활동에 대해 기대하
면서도 외교활동이 만족스러운 결과를 얻지 못할 때 '독립전쟁
을 선포'하고 최후까지 저항할 것임을 밝혀 비타협적 투쟁노선
을 천명하고 있었습니다.

6. 중국망명에서의 독립운동과 의료선교

1919년 3·1 운동 이후, 주현측은 산동으로 도피하여 의학
전문 지식과 기독교 선교 활동을 결합했습니다. 이 지역은 한

국과 중국의 독립 활동의 중심지가 되었고, 그는 두 나라 간의 협력을 강화하기 위해 노력했습니다. 3·1운동 직후 그가 안동(安東)에서 전개한 주된 임무는 당시 상해 임시정부 교통차장 겸 안동지부장을 맡고 있던 선우혁과 함께 수집된 독립운동 자금을 상해임시정부에 보내고, 임시정부와 국내 사이의 각종 업무를 연락하는 것이었습니다.

1919년 8월 주현측(朱賢則)은 한국 내에서 모은 군자금(軍資金) 1천 2백여원을 조선 독립운동에 우호적이었던 영국인 기업가 조지 엘 쇼(George L. Shaw)의 도움으로 송금할 수 있었습니다. 1920년 초 임시정부 임시 안동현 교통국장 홍성익 등이 검거된 직후 일제 관헌이 작성한 문서에 따르면 1919년 주현측이 평안북도에서 모집한 자금 3천엔을 포함하여 도합 7천엔을 선우혁에게 전달하였다고 합니다. 안동에서 그들은 영국인 기업가 쇼가 경영하던 무역회사 이륭양행(怡隆洋行)을 근거지로 활용하고 있었지만, 곧 그들의 활동이 일제 관헌에 포착되어 1919년 10월 초 가까스로 피검을 면하고 10월 15일 일행 25명과 함께 안동에서 상해로 떠났습니다.

상해에 도착한 이후 주현측은 국내로부터 독립운동 자금을 수집하는 활동이 어렵게 되자 11월 7일자로 임시정부 재무부 참사의 직을 사퇴합니다. 망명한 1919년 후반부터 중국을 떠나 귀국하게 되는 1925년 중반까지 그는 다양한 조직에 참여하면서 독립운동을 전개하였고 교민들과의 관계를 돈독히 하기 위하여 노력했습니다. 당시 그는 선우혁, 여운형 등과 함께 신한청년당원으로 활동하고 있었습니다. 결성 초기부터 지속적으로 활동했던 신한청년당원 중에는 평안도 출신 기독교 신자이자 신민회 성원이었던 인물이 많았던 점에서 그의 신한청년당 가입 배경을 추정할 수 있습니다. 이와 함께 그는 평안도 지역 기독교세력을 대표하고 있던 안창호 등과의 결속을 심화하고 있었는데, 1922년 1월 27~28일 흥사단 제8회 원동대회(遠東大會)에 참석한 것을 시작으로 1922년 2월 10일과 17일 예비단우 문답을 거쳐 2월 18일 안창호의 주례 하에 그는 장종삼과 함께 흥사단에 168번째 회원으로 입단하게 됩니다. 안창호 선생과는 신뢰할 수 있는 동맹자일 뿐만 아니라 가까운 가족 친구가 되었습니다. 주현측의 아내가 남편이 있는 상하이로 가기로 결정했을 때, 안창호 선생은 일본의 감시가 심했던 시기에 위험한 여행 조건을 헤쳐 나가며 그녀를 위험한 여정에 직접 동행했습니다.

　여행 중에 두사람이 중국 시골을 지나가는데, 그곳에서 지역 주민들이 양지에 앉아 옷에서 이를 잡아 깨물어 피를 빨아먹는 것을 목격했습니다. 충격과 혐오감을 느낀 주현측의 아내는 안창호에게 두려움을 표했고, 안창호선생은 침착하게 그런 행동이 극심한 빈곤과 절망의 비극적인 결과라고 설명하면서 식민지와 전쟁 상황에서 많은 사람들이 직면한 가혹한 현실을 엿볼 수 있다고 하셨답니다. 이 일화는 망명 한국인들이 직면한 문화적 어려움뿐만 아니라 독립 운동에서 확고한 동맹으로 남아 있던 주현측과 안창호의 긴밀한 관계를 보여줍니다.

1921년에 들어서면서 주현측은 상해에서 자신의 활동기반을 더욱 확대해 나갔습니다. 먼저 그는 신한청년당을 주도하고 있던 선우혁(집사:執事), 여운형(조사:助事), 서병호(집사:執事) 등과 더불어 장로로서 대한예수교진정회(大韓耶蘇敎陳情會)의 간부로 활동합니다. 이 조직은 내외 각지의 기독교세력과 연계하여 일제의 조선 교회에 대한 핍박 등을 널리 선전하는 활동을 전개하고 있었습니다. 그리고 1921년 초 세브란스 후배인 신현창(1918년 졸업)과 함께 상해 프랑스조계[법계(法界)] 서신교(西新橋) 31리 8호에 삼일의원(三一醫院)을 개원하여 현지에서 사역하는 교회를 도와주기도 하였습니다. 이와 같이 점차 상해에서의 기반이 안정화됨에 따라 1921년 9월 19일 여운형, 선우혁, 안창호 등과 함께 그가 거주하고 있던 상해 교민단의 의사원(議事員)으로 선출되었고, 11월 29일 대한적십자회 총회의 임원 보결선거에서 김규식, 김구, 신현창 등과 함께 상의원(常議員)에 당선되었습니다.

그런데 1921년 초반에 들어서면서 상해 임시정부의 활동에 대한 각 지역 독립운동 단체들의 반발이 본격화되었습니다. 상해 임시정부 수립과정에서 배태된 협애한 지지 기반을 지적하는 가운데 3·1운동 이후 이념적·조직적으로 다양하게 분화된 독립운동세력의 노선과 활동을 광범위하게 대표하고 통일적으로 결집시켜야 한다는 요구가 팽배하였습니다. 이러한 움직임은 '국민대표회의(國民代表會議)' 소집 요구로 이어져, 상해지역에서도 안창호의 주도하에 '국민대표회의(國民代表會議)' 소집 운동이 전개되어 1921년 5월 19일 '국민대표회기성회(國民代表會期成會)'가 조직되었습니다. 1921년 6월 6일 제1회 총회에서는 위원 10인을 증선했는데, 투표결과 주현측은 박은식, 이동휘, 여운홍 등과 함께 위원에 선임되기도 하였습니다.

그러나 주현측은 1922년 초부터 국민대표회의 소집운동과 관련된 활동에서 한 걸음을 물러나 흥사단 조직 확대 등의 임무를 지니고 천진(天津)으로 활동무대를 옮기게 됩니다. 천진에서 주현측은 프랑스조계[佛租界(불조계)] 동의리(同義里) 4호에 거주하면서 병원, 삼일의원(三一醫院)을 개설하고, 천진교민회(天津僑民會)의 위원으로 활동하는 가운데 흥사단 천진지부의 조직을 주도하여 총무 겸 재무를 담당하였습니다.

1923년부터 귀국하게 되는 1925년까지 주현측은 중국에서 진행된 흥사단 활동에 지속적으로 참여하면서도 1923년부터는 활동무대를 다시 중국 산동으로 옮겼습니다. 구체적인 경위를 확인하기 어려우나 선천지역 기독교계 등이 참여하여 추진하고 있던 산동 선교활동에 합류했던 것으로 여겨집니다. 당시 산동선교활동은 1912년 조선기독교장로회 창립총회에서 첫 해외선교지로서 산동이 결정된 이후 1913년 3명의 목사가 파송되었으나 초창기 어려움을 겪다가 1917년 방효원, 홍승한 목사 등이 파견된 이후 점차 안정화되기 시작하여 중화인민공화국 수립 이후인 1957년 중국 당국에 의해 추방될 때까지 지속되었습니다.

주현측이 선교활동에 합류하기 전부터 1917년 세브란스연합의학교를 졸업한 의사 김윤식(金允湜)이 1918년 12월부터 산동성(山東省) 래양현(萊陽縣)에 계림의원(鷄林醫院)을 열고 선교활동에 적극 협력하고 있었습니다. 1923년 주현측은 래양현(萊陽縣)에서 선교활동을 돕다가 선교지역이 인근 즉묵현(卽墨縣)으로 점차 확대되자 1924년 즉묵현(卽墨縣) 아남(阿南)에 삼일의원(三一醫院)을 세우고 총회 파송선교사들과 협력하며 선교의 효율성을 높였습니다. 또 영락교회 파송 이대영 선교사님을 도와 즉묵교회(선도당) 건립에 200원을 헌금하셨다는 기록도 있습니다. 산동선교에서 의료 활동은 선교의 촉매 역할을 하여 당시 파송된 선교사가 김윤식과 그의 병원을 선교기관화할 것을 요청하기도 하였으나, 기본적으로는 선교사, 선교기관으로부터 자립적인 형태의 조력 활동이었습니다.

7. 귀국 후의 활동

산동지역에 머물면서 흥사단 조직과 의료선교 활동에 참여하던 주현측은 6년여의 망명생활을 접고, 1925년 5월 귀국하여 선천 읍내에 동제의원(同濟醫院)을 개원했다. 종종 치료비를 지불할 수 없는 사람들의 의료비를 면제하여 치유가 도덕적 의무라는 자신의 신념을 구현했습니다.

병원 경영을 하면서 그는 중국에서의 흥사단 활동을 이어 흥사단의 국내조직이라 할 수 있는 수양동우회(1929년 11월부터 동우회(同友會)로 개칭)의 간부로서 활발히 참여하였고, 선천을 중심으로 전개되던 각종 종교운동, 교육사업, 사회사업 등에도 적극적으로 활동하였습니다.

귀국 이후 그는 과거와 같은 비타협적인 투쟁을 전면에 내세우기보다는 그의 종교적, 경제적 기반을 토대로 선천에서 주로 개량적 성격의 교육운동, 계몽운동, 사회사업에 주력하였다.

8. 관대한 치유자: 의학을 넘어서는 봉사

특히 선천에서 기독교계를 주축으로 크게 성장했던 사립학교에 대해 그는 자부심이 컸고 이를 더욱 확대 발전시켜야 함을 역설하였습니다. 그는 여아 교육에 큰 관심을 가졌으며, 미래 세대를 강화하고 국가 계몽을 증진하는 데 있어서 여아 교육의 중요성을 인식했습니다. 여자교육에 대한 기독교계의 공헌에 대해 높게 평가했는데, 1940년 그는 고등여학교 승격을 준비하고 있던 보성여학교(保聖女學校)를 적극적으로 지원했고 자신의 토지를 기부하기도 하였습니다. 이러한 관대한 행동은 여성 교육이 현대적이고 자립적인 국가를 건설하는 데 중요하다는 그의 믿음을 반영했습니다.

또한 평안북도 유일의 고아원인 대동고아원은 갈 곳이 없는 아이들을 돌보았습니다. 선천북교회 양전백 목사와 재미교포 이병준이 한말에 설립되었다가 오랜 동안 폐원상태에 있던 대동고아원(大同孤兒院)이 1926년 초반 다시 개원하려고 하자 이에 협력하여 고아원 설립 부지(5천평)를 기부하였고, 이후 원장으로 고아원의 운영을 담당하였습니다.

그는 고아원의 원장이 되어 일상 업무를 관리하고 아이들이 옷을 입고, 먹고, 교육받도록 했습니다. 매일 아침 고아들이 그의 집을 찾아와 학용품을 사달라고 부탁했습니다. 그는 그들을 결코 돌려보내지 않았고, 항상 따뜻하고 아버지 같은 태도로 그들의 필요를 돌보았습니다. 그는 고아들에게 무한한 관대함을 베풀었지만, 자신의 네 아들에게는 엄격하기로 유명했습니다. 고아들에게는 연필과 기타 학교 필수품을 주었지만, 아들들에게 몽땅연필(짧은 연필)을 완전히 닳을 때까지 쓰게 했습니다. 여름방학 때, 아들들이 학교에서 돌아오면 그는 그들에게 똥지게(거름 운반대)를 밭으로 옮기고 농장 노동자와 함께 열심히 일하게 했습니다. 그는 그들에게 겸손, 근면, 희생의 가치를 가르치고 싶었습니다.

그의 아들들은 종종 고아들이 아버지로부터 자신들보다 더 많은 애정을 받는 것 같다고 농담을 했습니다. 그들 중 한 명은 "우리가 고아원에서 살 수만 있다면 아버지의 더 친절한 면을 볼 수 있을 텐데!"라고 농담을 했습니다. 그러나 그의 엄격함에도 불구하고 그의 아들들은 아버지의 원칙과 희생에 대한 깊은 존경심을 가지고 자랐습니다.

9. 주목할 만한 집: 세련되고 관대한 삶

선천에 있는 주현측의 집은 그의 세련된 취향, 가족에 대한 헌신, 지역 사회에 대한 사랑을 반영했습니다. 그의 집은 당시로서는 비정상적으로 컸으며, 방이 99개나 되어 이 지역에서 가장 주목할 만한 주거지 중 하나가 되었습니다. 가족, 친구, 심지어 안창호와 같은 여행하는 독립 운동가조차도 종종 피난처와 환대를 찾을 수 있는 곳이었습니다.

집에는 당시 한국에서 흔치 않고 명예로운 소유물이었던 피아노가 있었는데, 이는 조부님이 가족과 지역 사회를 위해 문

화와 지적 성장에 헌신한 것을 상징합니다. 또한, 그 부지에는
테니스장이 있어 그의 신체 활동에 대한 열정을 보여주었습니
다. 그에게 테니스는 단순한 취미가 아니라 경쟁적인 추구가
되었고, 그는 심지어 선천군지에 기록된 것처럼 테니스 챔피언
이 되었습니다.

그의 집이 웅장했음에도 불구하고 그의 생활 방식은 놀라울
정도로 겸손하고 사심이 없었습니다. 혹독한 한국 겨울에 그는
종종 코트를 벗고 집으로 돌아왔고, 거리에서 떨고 있는 낯선
사람에게 코트를 내주었습니다. 그에게 집의 따뜻함은 다른 사
람들의 고통을 무시할 변명이 되지 않았습니다. 이러한 작지만
깊은 친절 행위는 그의 깊은 자비심과 상황에 관계없이 봉사하
는 삶을 사는 그의 신념을 반영했습니다.

그의 집은 단순한 개인 주택이 아니라 활동가, 지역 사회 구
성원, 가족이 모이는 장소이기도 했습니다. 한국의 미래와 독
립을 위한 노력에 대한 대화가 자주 펼쳐지는 공간이었습니다.

10. 수양동우회와 체포

기독교를 기반으로 하는 교육, 계몽운동에 대한 그의 관심은
이미 중국으로의 망명 직전이었던 1919년 중반 당시 선천북교
회의 목사 장규명(張奎明) 등과 함께 선천 기독청년회(YMCA)

의 창립에 참여했던 것에서도 확인할 수 있습니다. 귀국 후 주현측은 선천 기독교계의 중진으로 1930년 선천 YMCA총회에서 회장으로 선출된 이래 1935년까지 회장으로 역임하면서 리더십 개발, 교육 이니셔티브, 한국 청소년을 위한 도덕 교육을 포함하도록 프로그램을 확대하며 각종 계몽운동을 이끌었습니다.

이와 함께 주현측은 대표적인 관서지역 기독교세력의 결집체였던 수양동우회의 선천지역 간부로서 활동하였습니다. 1928년 11월 3일 주현측 등 10명의 회원으로 발족한 선천지회는 주현측, 노품민, 장리욱 3명의 이사를 선출하고, 이사장에 주현측, 상무이사에 신성학교 교장 장리욱을 각각 선임하였습니다. 1929년에도 주현측은 선천지회 이사로 선임되었으며, 1931년 동우회의 지방회에 관한 신규정이 제정되자 그에 의거하여 1931년 6월 1일 정남인, 장리욱과 함께 선천지방회 간사로 선출되었습니다.

널리 알려져 있는 바와 같이 수양동우회(동우회)는 관서지방의 기독교세력의 신지식층, 실업가 등 상층엘리트의 모임으로서 일제에 비타협적인 대항을 추구하는 대중조직이 아니라 회원들의 인격수양과 동맹수련 등을 내세우는 온건한 성향의 단체였기 때문에 그 동안 식민당국에서도 직접적인 탄압을 가하지 않고 있었습니다. 그러나 대공황을 겪고 만주사변으로 대륙

침략을 본격화한 일제는 억압적 식민통치를 강화하였고, 1937년 중일전쟁을 일으키면서 이와 같은 통치정책을 더욱 심화하였습니다. 이와 함께 '수양동우회 사건'의 발단에서도 알 수 있듯이 일부 동우회 인사들은 기독청년회, 면려회 등 여러 기독교조직을 통해 사회운동, 계몽운동을 지속적으로 추진하고 있었기 때문에 식민당국은 태도를 바꾸어 동우회에 대한 강경한 탄압을 감행하였습니다. 이로인해 발생한 사건이 '수양동우회 사건'입니다. 일제는 1937년 6월부터 1938년 3월까지 총 181명을 검거하고, 이중 41명을 기소하였습니다.

주현측은 1937년 6월 16일 검거되어 이튿날 구속되었고, 11월 11일부로 기소예심에 회부되었습니다. 서울 경무 총감부 제1헌병대 유치장으로 이첩된 피의자들은 단근질, 학춤고문, 물고문, 손톱과 발톱에 대나무 못 박기, 입안에 석탄가루 쑤셔 넣기 등 무려 72종에 달하는 가혹한 고문을 받았습니다. 얼마나 고문이 가혹했으면 김근형(金根瀅), 정희순(鄭希淳)은 고문을 견디지 못하고 심문과정에서 세상을 떠났습니다. 주현측은 징역 6년형이 언도되었으나 이 사건의 예심이 1938년 8월 15일에 종료되었는데, 일본 경찰은 많은 사람들을 보석으로 출소시킨 후 같은 해 11월 3일 사상전향회의(思想轉向會議)라는 것을 개최했습니다. 감독경찰관의 입회하에 주현측을 포함하여 총 28명의 수양동우회사건 관련자가 참석하여 진행된 이 회의에서 일제에 대한 충성 맹세가 강요되었고, 국방헌금의 납부

등도 종용되었다고 합니다.

　12월 8일의 언도 공판에서 경성지방법원은 전원에게 무죄를 선고했습니다. 하지만 검사의 항소로 1940년 8월 21일 경성복심법원에서 이용설 등과 함께 징역 2년에 집행유예 3년을 선고받았습니다. 그러나 1941년 11월 17일 경성고등법원 상고심에서는 증거 불충분으로 전원에게 무죄가 언도되어 '수양동우회 사건'은 4년 5개월 만에 일단락되었습니다만 결과적으로는 2년 6개월의 옥고를 치르셨습니다. 귀가하신 할아버지의 양 손의 손톱이 다 빠져 있었는데, 그들이 가한 고문중에 가장 참기 힘들었던 고문이 대나무를 바늘처럼 얇게 잘라 손톱 밑으로 아주 천천히 조금씩 조금씩 찔러 넣는 대나무 못 박기 고문이 여러 가지 고문중에서도 가장 참기 힘들었다고 하셨다고 할머님이 얘기해주셨습니다.

11. 최후의 체포, 고문, 그리고 죽음

　1938년 보석으로 풀려난 주현측은 자신이 경영하던 동제의원(同濟醫院)을 다시 열었습니다. 그러나 제2차 세계대전이 확대되면서 진주만 공습과 선교사 추방을 두고 일본이 미국과 크게 갈등을 빚는 가운데 주현측은 1942년 미국 선교사를 통해 상해 임시정부에 군자금을 송출한 사실이 탄로되어 검거되었

습니다. 선천경찰서 유치장에서 그에게 가해진 고문은 상상할
수 없을 정도로 잔인했습니다. 그는 심한 구타를 당했고 고문
이 너무 심해서 세션 중에 자주 의식을 잃었습니다. 혹독한 고
문을 당하여 기절하기까지 했던 주현측은 해방의 감격을 누리
지 못하고 1942년 3월 25일 59세를 일기로 영면하셨습니다.
주현측의 죽음이 가져온 슬픔을 보여주는 가슴 아픈 가족 이야
기가 전해집니다. 그의 막내아들 주정균은 일본에서 유학 중이
던 시절 비보를 접했습니다. 집에 도착해 문을 들어서던 주정

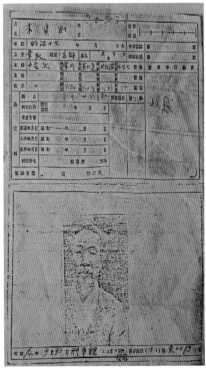

1939년 수양동우회 형사기록(사본)

건국훈장 애족장

균이 관에 가까이 다가가자, 관이 마치 울음을 터뜨리듯 삐걱
거렸다는 이야기가 주현측의 친척들에 의해 전해지고 있습니
다.

대한민국 정부는 고인의 공훈을 기려 1990년에 건국훈장 애
족장을 추서하였습니다.

12. 자비와 애국의 유산

주현측의 생애는 평안도 지역 기독교 민족주의 세력의 흐름
과 긴밀히 연결된 것임을 알 수 있습니다. 어린 시절 기독교를
수용하고, 서양 근대의학의 습득에 적극적이었던 그는 자신이
기반하고 있던 지역의 신지식인층과 함께 신민회에 참여하는
등 일찍부터 제국주의 침략에 저항하였습니다. 이후에도 중국
으로 망명하여 임시정부에 참여하기도 하였으나 1920년대 전
반 이후 일제에 대한 비타협적 투쟁노선을 견지하기보다는 점
차 평안도지역 기독교세력이 표방하고 있던 개량적인 민족운
동에 주력하였습니다.

그의 생애 전반을 통해 기독교를 비롯한 서구 근대문명의 수
용에 적극적이었던 평안도 지역 자산가층이 선교사들의 기독
교 의료선교활동 등을 매개로 서구 근대의학에 접속되었던 전
형적인 경로를 확인할 수 있습니다. 그리고 그의 서구 근대의

학 습득은 스스로의 명성과 사회적 기반 확보에 긍정적 역할을 하면서도 그것을 넘어서 평안도지역 기독교 민족운동세력의 방편으로 접맥되거나 식민지 조선의 기독교세력이 추진했던 해외선교활동이나 다양한 형태의 종교운동, 계몽운동으로 결합되었음을 확인할 수 있습니다.

연민과 애국심의 유산, 선조부님의 삶은 놀라운 회복력, 사심없음, 헌신으로 가득했습니다. 산동에서의 선교 활동과 흥사단에서의 리더십, 안창호와의 친밀한 우정, 삼일병원 설립, 수양동우회 사건에서의 희생에 이르기까지, 조부님은 봉사와 저항의 정신을 체현했습니다. 그의 유산은 그의 후손인 경희대학교 의과대학의 기생충학자인 막내 아들 주정균과, 대를 이은 기생충학자로 손자 주종필과 그뒤를 다시 이어 인제의대 기생충학교실 교수를 하고 있는 증손자 주기백을 통해 이어지고 있습니다.

조부님에 대한 기억은 자손들에게 계속해서 영감을 주며, 정의와 자유, 그리고 한국의 미래를 위해 싸운 사람들의 엄청난 희생을 상기시켜줍니다.

애국지사 주 현측 박사 후손

일암 주 정균 박사의 삶

정리: 손 정숙, 기술: 주 종필

주 정균(1919년 1월 16일 생), 국가 유공자, 호 일암(一菴)

집안의 뜻을 이어가기 위해 가나자와 치대 졸업후 가나자와 의대 입학, 학생시절 윤봉길 의사 유골 수집을 담당했다. 해방으로 귀국하여 서울의대 1회 졸업. 이후 육군 군의관 중위로 임관하여 6.25동란 참전, 금성화랑무공훈장, 지리산 공비토벌에 참여 무성화랑무공훈장을 받음. 이후 육군본부 보건과장 역임, 텍사스 미 육군군의학교과정 수료, 육군대학 단기과정 이수, 육군중앙 병리연구소 소장등을 역임하며 전역. 부산의과대학 기생충학교실 주임교수 근무. 1967년 8월 파월 USAID 방역반장으로 근무하며 월남 보건훈장, 미 제2군 사령관의 감사장을 받음. 1970년 귀국하여 1983년 2월 정년퇴임 하기까지 경희대학교 의과대학 기생충학교실 주임교수로 근무했다. 보건사회부 기생충 대책위원, 대한의학회 재무이사로 활동. 1972년 동아제약 주최 제6회 저작 문화상 수상.

205

윤봉길 의사의 유골 201개를 수습한 의대생
의료는 특권이 아니라 도덕적 의무이다.

오늘의 우리가 나라 있는 백성으로 온 세계 180여개 국가와 어깨를 겨루며 살 수 있다는 이 기쁨, 이 자랑스러움은 말로 다 표현할 길이 없을 것입니다.

남의 나라를 한 번도 침략한 적이 없는 평화의 나라 대한민국은 지혜롭지 못한 선조들로 인하여 호전적인 이웃 나라 일본에 주권을 빼앗기고 36년이라는 긴 세월 동안 지배받고 속국이 되는 통한의 시기를 살아야만 했습니다.

잃어버린 나라를 되찾기 위해 헤아릴 수 없는 많은 분들, 다 기록할 수도 없는 우리의 동포들이 국내에서, 국외에서 생명의 위험을 무릅쓰고 독립운동을 하였습니다. 목숨 바쳐 조국의 독립을 위하여 투쟁하다 붙들려 현장에서 스러지기도 하고, 지옥의 사자 같은 악형과 고문을 받다가 순국하신 선열들도 계십니다.

그분들로 인하여, 자유와 번영을 누리는 오늘의 대한민국 백성들은 그분들의 애국 열정을 한없이 감사하고 거듭 감사해도 다 하지 못할 것입니다.

광복이 된 지 80년의 세월이 흘렀습니다. 그 시대의 많은 분들이 세상을 떠나셨고 그 시대를 증언할 여러분들도 우리 곁을 떠나게 되었습니다.

애국지사들의 나라 사랑 열정은 한 시대의 이야깃거리로만 남는 것이 아닌지, 뇌리에서 흐려지는 애국심을 가슴으로 뜨겁게 소생시키는 방편은 무엇일지….

올해의 『애국지사들의 이야기』 9권에는 한국 독립을 위해 희생한 외국인(선교사 포함)이란 부제를 붙이기로 하였습니다.

외국선교사들이 이름도 들어보지 못한 동방의 작은 나라에 복음을 전하러 온 그 시기에 국내에 있는 애국지사는 무엇을 하고 있었을까?

주 현측 지사님의 손자 주 종필 박사님을 만난 것은 참으로 기적 같은 축복이었습니다. 주 종필 박사님을 통해 아버지 주 정균 박사의 삶을 듣게 되었으니 전능자의 계획이라 할 만치 그야말로 흔치 않은 귀한 만남이었습니다.

애국지사의 후손들과 섞여 살고 있으면서도 범상치 않은 가족력을 모르고 친구로 지내온 시간들에 감사할 뿐입니다.

살펴보면 우리는 더 많은 애국지사 후손들과 섞여 살고 있을 것입니다.

이들의 삶을 찾아 그 애국심을 서로 나눌 수 있다면 선조들의 애국심은 널리 전승되고 대대로 이어지는 것이 아니겠는가 생각됩니다.

주 종필 박사님 집안은 4대 째 의술로 사회에 공헌하는 의료 가정입니다.

의료는 육신의 병을 고칠뿐만 아니라 독립운동의 자금 조달이 되고, 민족 사랑의 실행적 도구로 사용될 뿐 아니라 영적 소통의 매개적 요소라 믿는 주 정균 박사님은 오늘도 부르짖을 것입니다.

　'의료는 특권이 아니라 도덕적 의무다.'

　전해 주시는 말에 의하면 일찍이 기독교를 받아들여 온 집안을 다 기독교인으로 만든 어머니(강 형제. 주 현측지사 부인)의 영향으로 온전히 예수님의 발자취를 따라 살려고 노력한 신앙심과 축복을 헤아려 봅니다.

　겸손과 근면과 희생, 박애와 사랑을 실천하며 살아온 이 가족의 삶을 조명하며 문득 성구 한 절이 떠 오릅니다.

　나를 사랑하고 내 계명을 지키는 자에게는 천 대까지 은혜를 베푸느니라(신명기. 5:10).

　주 정균박사님, 대령님의 삶을 정리하면서 깨닫습니다. 의를 행하는 자는 사람으로부터 상을 받지 못하는 경우 하늘이 참견하여 상을 주신다는 사실입니다.

　백성을 사랑하고 나라를 사랑하는 민족애, 애국심은 결단코 땅에 떨어지지 않는 인간 최고의 고귀한 품성임에 머리 숙여 감사를 드립니다.

나의 가족 이야기

전 경희대학교 의과대학 교수 주 종필

부친 주 정균(朱鼎均 호: 일암一菴)은 1919년 1월 16일 평북 선천에서 만석꾼 주 현측의 아들 중, 막내로 태어났다. 일본 동경 유학 시절에 모친 전 풍자(1921.08.04)를 만나게 되어 부부가 되셨다고 한다.

나는 서울 서대문구 홍제동에서 부친 주 정균과 모친 전 풍자의 사이에서 2남 2녀 중 장남으로 태어났다.

전해 주시는 말씀에 의하면 부친 주 정균은 막내라 형님들 등쌀에 기를 펴지 못하고 자랐다 한다. 학교성적은 형들보다 좋아서 조부님의 귀여움을 독차지하셨다고 한다. 초등학교 5학년 때는 6학년으로 월반하실 정도로 우수하셨다.

부친을 도와 일하시던 큰 형(상해 의대 졸업)이 그동안 앓던 폐결핵으로 사망하신다(1934.3.).

아버지는 선천 신성중학교를 마치고 큰 뜻을 품고 일본으로 건너갔다(1936.3.). 큰 형과 작은 형이 둘 다 의과대학을 나와 의사였던 관계로 형들과 중복이 되지 않는 분야인 가나자와 치대에 입학하였다(1939.04.04.). 공부하시던 중 집안의 가업(병원)을 이어오던 작은 형(제중원 졸업:현 연세 의과대학)마저 폐결핵으로 오랜 투병 끝에 사망하시는 바람에 조부님은 큰 충격을 받았다.

아버지가 일본에서 학업을 이어가던 시절, 새로운 의학 서적

이나 의료기기를 볼 때마다 주머닛돈을 털어 이를 구입해 조부
님께 보내드리곤 했다.

조부님은 이러한 아버지의 열정과 노력에 감탄하여 점차 용
돈을 넉넉히 보내 주셨고, 아버지는 더욱 학업에 매진할 수 있
었다고 한다. 이처럼 아버지의 학업에는 조부님의 지원과 신뢰
가 큰 힘이 되었다.

당시 일본에서는 한국인 학생에게 진료를 받는 것을 꺼리는
분위기였기에 졸업 학점을 따기 위해 환자를 구하는 일이 매우
어려웠다. 이때 어머니께서 도움을 자청하셨다. 건강한 치아를
지니고 계셨음에도 불구하고 어머니는 기꺼이 아버지를 돕기

주 정균 박사 부부

위해 자신의 치아를 실습 대상으로 내놓으셨고, 이를 통해 아버지는 졸업을 무사히 마칠 수 있었다. 이 사건은 두 분의 사랑과 신뢰를 보여주는 상징적인 일화이다.

1943년 2월 27일, 일본에서 첫째 딸 명자가 태어났다. 전쟁 중이라 모든 것이 부족하던 시절, 어린 명자는 "사카나(さかな 일어. 생선)!"라고 울며 생선을 달라고 했지만, 생선을 먹이지 못했던 일이 평생 아버지의 가슴에 남으셨다. 아버지는 그 일을 떠올리며 항상 누나에게 미안한 마음을 품으셨고, 그녀의 약한 체질에 죄책감을 느끼며 늘 다정하고 부드러운 모습을 보이셨다.

치대를 졸업하자(1943. 9월) 부친의 대를 잇기 위해 다시 가나자와 의대를 입학하여 다니시게 되었다(1944. 10). 의대에서 공부하던 때가 세계 제2차대전이 발발한 상황이라 당시 문부성에서 한국 학생은 한국으로 전학하라는 통지를 받게 된다. 약삭빠른 친구들은 바로 한국으로 갔지만 45년에 얻은 둘째 딸 숙자 누이를 천국으로 보낸 아픔을 겪는 중이라 부친께서는 연락선 표를 바로 얻지 못하여 1946년 4월 30일까지 학교에 계속 머물게 되었다.

윤 봉길의사 시신 발굴사건

1946년 3월 6일, 아버지는 가나자와에서 중요한 역사적 사건에 참여하시게 된다. 당시 일본 가나자와시에서 약 40명의 유해발굴 대원이 윤 봉길의사의 유해발굴 작업을 벌이고 있었는데, 가나자와 의대 해부학 교수에게도 도움을 요청하였다. 그러자 그 교수님은 의대 2년생이었던 부친 주 정균을 불러 한국인인 자네가 하는 것이 더 의의가 있다며 격려하고 추천하여 주었다. 윤 봉길 의사! 아버지는 팔을 걷고 앞장서서 발굴 작업에 참여하여 윤 봉길 의사의 유골 201개를 수습하셨다. 이는 한국 독립운동사에 기여한 중요한 순간으로, 아버지께서는 역사적 의미가 있는 일에 도움이 될 수 있었다는 사실을 늘 자랑스럽게 여기셨다. 애석하게도 아버님은 귀국선을 늦게 타게 되어 일본에 그대로 계셨기 때문에 한국에서 거행된 윤 봉길 의

당시 가나자와 의대생 주 정균 학생이 윤 봉길 의사의 유골을 수습하고 있는 모습이다.
(천지일보 2018.1.3)

사의 장례식에는 참석하지 못하셨다. 그러나 1992년 12월 윤봉길 의사 순국 60주년 기념사업회 추진행사에 초대받으시고 참여하여 총살현장, 매장지 등을 둘러보시러 가나자와시를 다시 방문하셨다.

그 후, 아버지는 패전 일본에 진주한 미군의 마지막 귀환 수송선을 타게 되었다. 귀국하여 서울의대 최종 전입자로 53번이란 학번을 받게 되는데 이것이 1947년도 졸업학번으로서 뜻하지 않게 막둥이 신세를 다시 지셨다고 한다(1946. 9. 01.). 서울의대에 편입하였으나 살 곳도 마땅치 않고, 김일성 치하로 집 안의 모든 것이 몰수되어 고향에서의 후원도 기대할 수 없기에 학교 친구에게 의논하니 광나루 건너 과수원에서 부업으로 일을 하겠냐고 하여 쾌히 승낙하고 모친과 과수원으로 이사하였다. 천호동 과수원에서 두 분이 일하며 매일 나룻배를 타고 한강을 건너 학교까지 걸어서 통학을 하셨다고 한다. 어머니는 매일 밤 강가에 나와 돌아오는 부친을 마중하며 지내셨다고 하니 지금 생각해도 대단하셨다는 생각이 든다.

우여곡절 끝에 서울의대를 1회로 졸업하시게 되었다(1947. 8. 31). 가나자와 치대, 가나자와 의대, 그리고 서울대학교 의대. 세 곳 대학의 졸업생이 된 것이다.

졸업 후 사회로 진출하려다 보니 사회가 혼란스럽고 하여, 갈피를 잡지 못하고 고민하던 차에 우선 서울의대 대학원에 등록을 하셨다(1947. 9. 7~1949. 10. 30). 그리고 국립방역연구소에 취직하여 세균 기사로 근무하셨다(1947~1949. 5. 30). 이 시기에 나도 세상에 첫눈을 뜨게 되었다(1948. 3. 25).

어머니를 찾아 청천강으로

그러다 친구분의 권유로 군에 입대하시게 된다(1948. 10. 7). 당시 육군 사관학교 군의관 제5기생으로 동기 중에서 비교적 빠른 11723 군번을 받고 중위로 임관하시게 되었다(1948. 11. 4). 군에 입대하게 된 깊은 마음속에는 고향에 홀로 계신 어머니를 모셔 올 수 있는 기회가 있을 듯해서였다. 육군 남산학교 부속연구소에 근무하시며 대위로 진급하셨다(1949. 10~1950. 11). 1950년 6·25동란이 발생한 후 11월 15일 보병 제8사단으로 발령되어 북진하는 군을 따라 혹시라도 어머니를 모셔 올 수 있을까 하여 청천강 전투까지 따라 올라갔다. 사촌 동생 주 창균(후일 일신제강 회장)의 부탁으로 시골구석에 피난해 있는 제수씨와 딸아이를 데리고 나와 가족이 재회하게 하였다. 그러나 바로 1.4 후퇴로 강을 못 건너가고 후퇴하게 되는 바람에 결국 어머니를 모셔오지 못하셨다. 듣기로는 김일성이 부르주아 계급을 처단하면서 우리 집안도 만석꾼이라 다 몰수당하고 쫓겨났다고 한다. 단지 할아버지(주 현측)의 독립운동은 그들도 인정하여 식구들을 아오지로 보내지는 않았다 한다. 일평생 하나님만 섬기신 할머님. 모든 고통과 고난을 이기시고 주의 품에 고이 안기셨을 것을 믿는다.

금성 화랑무공훈장을 수여하다

1.4 후퇴 시, 아버지는 책을 아끼는 마음으로 서울 국립도서관의 책들을 기차에 실으며 한 권이라도 더 가져오려고 애쓰셨다. 그런 헌신 덕분에 금성 화랑무공훈장(증서 제 97075)을 받고 소령으로 진급하셨다.

1950년 11월 15일 육군 군의학교 교관으로 발령받게 되어 1953년 4월 15일까지 근무하셨다. 이때 부산 동래, 팔송지에 부대가 있어서 부대 부근으로 이사 와서 나도 종종 범어사 인근으로 어머니랑 나무 주우러 다닌 기억도 나고 부대 인근을 지나다 취사병 아저씨들에게 불려가 '송알송알 싸리잎에…' 노래를 부르면 아저씨들이 귀엽다며 밥을 다 푼 무쇠솥 가마에 눌어붙은 누룽지를 삽으로 쓱쓱 긁어 잘라서 한 묶음 주신 것을 끙끙거리며 집에 가져와 어머니랑 누룽지를 끓여 먹던 기억도 새롭다.

무성화랑 무공훈장을 수여하다

1953년 4월 15일 보병 제6사단에 근무하시게 되는데 이때 지리산 공비토벌에 참여하여 무성화랑 무공훈장(증서 제 68221호)을 받게 되신다. 특히 지리산 공비토벌의 시기, 의무장교팀과 육사 출신 장교팀 사이에서 가상의 작전 싸움이 벌어진 적이 있었다. 양측은 실제 상황을 가정한 모의 전투를 통해 전략을 겨뤘는데, 의무장교팀인 아버지의 팀이 승리하셨다고 한다.

이때 아버지의 뛰어난 전략적 사고와 상황 판단 능력을 증명한 일화로, 당시 함께 했던 동료들 사이에서도 큰 화제가 되었다고 전해진다.

이때, 마음 아픈 기억이 있다. 우리도 6사단이 있는 마산 합포구의 월영동에 거주하고 있을 때였다. 어머니가 만삭이 되어 동생 종권이를 낳게 되셨다. 그러나 산후 관리가 잘 안 되어 3일 만에 동생이 죽게 되었다. 동생이 죽은 날 부친이 돌아오시게 되었는데 어머니는 아버지가 늦게 와서 애가 죽었다며 울며불며 고함을 지르셨고 아버지는 묵묵히 가만히 서 계셨다. 동생을 안장한 며칠 후 누군가 동생의 무덤가에 여우가 나타나 땅을 판다는 얘기를 들으시고 잠복하여 총으로 여우를 잡아 오셔서 어머니가 한동안 목도리로 삼았는데 말씀은 안 하시지만 그놈을 보실 때마다 동생을 잊지 못하셨을 것이다.

양자 소동

이후 소령에서 중령으로 진급하셨다. 이때 육군 소장이시던 사단장이 술에 취하면 권총을 빼 들고 의무참모인 부친을 죽인다며 위협하는 등의 행동을 보이곤 하셨다고 하는데 그 집 안에 딸들밖에 없어 아들이 있는 부친을 무척 부러워하셨다고 한다. 어느 날 두 분 사이에 무슨 얘기가 있었는지 눈을 떠보니 내가 사단장님 집에 양자로 보내졌음을 알게 되었다. 부인에게 는 어머니 소리가 나왔지만, 소장님에게는 아버지라고 부르라 고 해도 손님 아버지라고 계속 불렀다고 한다. 어린 나이에도 남의 집이라 생각하니 행동에 조심을 하게 되고 울고 싶어도 울음도 참고 밤에 혼자 독방에 재워줄 때야 이불을 뒤집어쓰고 소리를 죽여가며 훌쩍였다. 아침마다 눈이 부어있는 모습이 측 은해 보였는지 나의 마음을 돌려보려고 사단장님은 자신은 걸 어서 출근하시며 낮에는 자신의 지프에 나 홀로 태워 손에는 초콜릿을 쥐여주시며 계속 드라이브를 시켜주셨다. 그렇게 기 분을 전환해 주시고 돌보아 주셨지만 잘 때마다 훌쩍이며 우는 나를 보다 못하셨는지 몇 주 후, 자다 일어나니 집으로 보내어 졌음을 알았다. 두 분이 울며 나를 안고 집으로 오셨다고 한다. 부모님에게서는 못 먹는 집에 뭐 먹을 것 있다고 왜 왔냐고 며 칠 구박을 받았지만….

부친이 화천으로 발령되어 우리는 서울 성북구 보문동으로 이사 와서 세를 살고 있었고 명자 누나는 동신초등학교에 입학 하여 다니게 된다. 몇 년 후, 적산가옥이 나왔다고 하여 부친은 우리를 서소문에 있는 그 집으로 이사시키고 귀대하셨다. 누 나도 종로에 있는 수송초등학교로 전학하였다. 서소문동에 있 는 그 집은 마당이 넓고 너무 크고 좋아 누나랑 수돗가에서 목 욕하며 물장난치던 기억이 아직도 있다. 나도 부친이 계신 화 천에 있는 6사단으로 앰블런스 뒤에 타고 종종 아버지께 불려 갔던 기억이 난다. 한번은 헌병 검문에 걸려 뒷문을 열면 잽싸게 문 뒤에 숨으라는 운전병 아저씨의 말대로 문 뒤에 숨어 위기를 넘기기도 했다. 아버지께선 나를 사대부속 초등학교에 보내고 싶어 하셨는데 화천에서 지내느라 응시가 늦어져 집 근처 덕수국민학교에 입학하게 되었다. 그러나 얼마 되지 않아 모 국회의원 비서라는 사람이 와서 어머니를 위협하며 이 집은 국회의원 집이니 나가라고 하였다. 부친과는 연락이 되질 않아 할 수 없이 늦여름에 우리는 서대문으로 이사하게 되었다. 그래도 미안한지 이사비용하라며 이사할 때 돈을 조금 주었다 한다. 이사한 날, 6학년인 누나가 이사한 집을 못 찾아 헤매다 밤이 되어 서대문 길거리에서 울고 있는 것을 지나가던 아저씨가 자기 집에서 자고 내일 학교에 가면 어머니가 찾으러 올 거라 달래주며 자기 집에 데리고 가서 가족들에게 설명하고 저녁을 먹이고 재워준 후 다음날 학교에 가게 해주며 문제가 있으면 다시 오라고 했다고 한다. 누나가 길치인지 어머니랑 그 집을 찾다 찾다 못 찾아 감사의 말도 못 한 것이 내내 마음에 걸린다고 하셨다.

1954년 5월 15일 자로 제7 이동외과병원장으로 근무하시다 동년 10월 5일 육군본부 의무감실 보건 과장으로 발령이 나서 서울로 오시게 된다. 우리는 이태원에 있는 육군본부관사로 초겨울에 다시 이사하게 되는데 내 생애에 일 년에 두 번씩이나 이사한 경우는 이때가 처음이었다. 이태원 종점에서 전차를 타고 세종로에 있는 덕수국민학교까지 매일 러시아워에 다녀야 했기에 고생이 많았다. 어린 내가 1학년이라 키도 작아 어른들의 엉덩이에 내 머리가 끼였기에 주위 어르신이나 청년들이 여기 애가 껴 숨 못 쉬고 죽는다며 조금씩 자리를 넓혀주시며 숨을 쉬게 해 주신 적이 한 두 번이 아니었다. 1956년 4월 30일 차녀 인자가 출생하게 된다.

부친은 1956년 12월 5일 텍사스에 있는 미 육군 군의학교에 파견되어 1957년 6월 16일 교육을 수료하시고 대령으로 진급하셨다. 부친은 대위, 소령, 중령까지는 순조롭게 진급이 되었으나 대령 진급 시에는 육사 동기생 중 최종 진급자로 되어 세 번째 막둥이 신세가 되셨다고 웃으신다. 군에 장기 복무하시며 의무계 최고위직인 의무감까지를 기대해 보신 것도 같다. 이때 우리는 이태원의 육군관사에 살고 있었는데 부친의 미국행으로 나는 다시 집에서 방출되어 사직동의 고모네 집에서 학교인 덕수국민학교를 다녀야 했다. 고모네 집과의 인연은 집안의 부산 이사로 인해 다시 62년에 이어져 고모네 집에서 중학교를 마치게 된다. 1957년 8월 10일 육군 중앙병리연구소 소장으로 발령되어 부산에서 근무하시며 군과 의학 발전에 기여하셨다.

군복을 벗으시고. 하늘의 축복

1958년 7월 7일 막내 종문이가 출생하였다. 아버지는 육군 대학교 단기과정 교육을 이수하시고(1960. 1. 9~7. 4) 돌아오셨다. 군사혁명 5.16이 발생하자 중앙병리연구소장 자리가 국내 유일의 군납품 검사소이기 때문에 돈방석 자리라며 선망하는 사람들이 많았다 한다. 이런 관계로 군사혁명군들 사이의 자리싸움으로 부정축재 명목의 조사에 휘말려 석빙고로 피검되어 조사받으시게 된다.

조사과정에서 집 한 채도 본인과 가족 명의로 된 것이 없고 은행 잔액도 없음이 확인되어 무죄 석방되어 1960년 예편하셨다. 이 이야기를 들은 집주인이 우리가 살던 남부민동 셋집을 아버지에게 기증하시는 놀라운 일도 생겼다. 듣기에는 6·25 동란 중에도 부정한 큰돈을 만질 기회가 있으셨다고 한다. 황해도를 지나 평안도로 가다가 어느 시골 시냇길가에 북괴가 버리고 간 트럭을 보고 받았는데 위생병이 짐칸에 큰 드럼통이 몇 개 실려 있는 것을 확인해보니 모르핀이 가득 차 있다며 어찌 처리할지를 물어 왔다고 한다. 부친은 서슴없이 불태워 없애라고 지시하셨다고 한다.

그걸 지금 돈으로 환산한다면? 할아버님께서 아버님에게 생전에 돈에 대해 집착을 하지 말라던 훈시에 따라 평생을 살아오시던 아버지이셨기에 돈방석 자리에 오르시고서도 무탈하게 지난 것이라 생각된다. 가끔 방학 때 부대로 놀러 가면 군인 아저씨들이 내가 부친을 닮았다고 꼬마 대령이라 불러 주시던 기억도 나고 겨울엔 사무실에서 내가 들어가면 건빵을 혀로 침을 발라 난로 연통에 붙여서 약간 구워지면 떼어서 주시어 맛있게 먹던 기억도 새롭다. 나중에 들려온 소리는 어떻게 소장님네 부잣집 아들이 우리가 침 발라 구워 준 건빵을 다 먹냐고 놀랐다는 얘기였다. 부친은 제대 후 군 선배께서 보건사회부 국장직을 추천해 오셨으나 행정직에 환멸을 느끼셨는지 이후 부산대학 의과대학 예방의학 및 기생충학 교수로 발령되어 교수로 재직하며 많은 제자를 양성하셨다.

이 시기 장녀, 명자 누님이 부산대학교 생물학과에 입학하여 남부민동에서 동래까지 통학하던 중, 한 번은 만원 버스에서 떨어지는 사고가 있었다. 이 일로 아버지는 즉시 부산대학교와 가까운 명륜동으로 이사를 감행하셨다. 그러나 명륜동은 아버지의 근무지인 의대와 멀리 떨어져 있었기 때문에, 아버지는 부산의대가 있는 토성동까지 장시간 출근을 감내하셨다. 나도 고등학생 때라 명륜동에서 학교가 있는 서대신동까지 등하교를 감내할 수밖에 없었다.

아버지는 구충약을 들고 거제도와 남해 지역을 자주 방문하며 주민들에게 약을 나누어 주셨다. 한번은 거제도 주민이 아버지를 반갑게 맞으며, "지난번 주신 약을 먹고 건강이 좋아졌습니다."라고 감사의 인사를 하기도 했다. 나도 고등학생 시절, 아버지를 따라 남해읍까지 배를 타고 가서 시장통에서 폐흡충에 감염된 환자들이 뱉어낸 혈담을 의대생 실습용 재료로 채집하던 기억이 난다. 당연히 사람들이 수군거리며 이상하다는 듯이 쳐다보곤 했다. 그러나 가족의 생계를 유지하는 일은 쉽지 않았다.

월남 정부 보건 훈장을 받다

큰딸 명자의 남자친구가 부유한 집안 출신이었는데, 그의 모친이 우리 집이 가난하다는 이유로 사귐을 반대했다고 한다. 이 사실을 알게 된 아버지는 큰 충격을 받으셨다. 이 일로 아버지는 학교를 잠시 휴직하시고, 1967년 8월 13일 월남전에 참여하여 USAID 방역반장으로 활약하게 되었다. 베트남에 계실 당시, 명자의 같은 과 친구 주 승팔이 대학생 위문단에 뽑혀 베트남을 방문하게 되었다. 귀국 길에 아버지의 부탁으로 냉장고와 컬러 TV를 가지고 왔는데, 뒷집에 살던 독일인 기술자가 이를 보고 감탄했던 일이 있었다. 그는 당시 금성사(Gold star)에서 근무하던 엔지니어였다. 주 승팔은 또한 베트남에서 월맹군이 아버지의 목에 현상금을 걸어놓았다는 이야기를 전해 주었다. 그러나 아버지는 전형적인 한국인의 외모가 아니었기에 여러 번 위험한 순간을 모면할 수 있었다고 한다. 또한, 아버지는 주변 베트남 주민들의 경조사에 자주 참여하며 그들과 친분을 쌓았고, 이러한 관계가 아버지의 활동에 큰 도움이 되었다. 결국, 이러한 여러 가지 노력에 힘입어 1968년 8월 5일 월남 정부로부터 보건 훈장(제543호)을 받으셨다. 이어 미 2군사령관으로부터 감사장도 받으셨다(1969. 7. 23).

파월의료 방역반장직을 사직하시어(1970. 7. 13) 근 3년간의 월남 생활을 무사히 마무리 지으셨다.

귀국하여 친우인 서울의대 서병설 교수의 추천으로 경희대

의과대학 기생충학 교수로 서울 생활을 다시 시작하시게 되었다. 1971년 대한기생충학 회장에 피선되었고, 1972년에 보건사회부 기생충 대책위원에 위촉되었으며, 같은 해 4월부터 1년간 대한의학회 재무이사로 활동하기도 하였다. 1972년 동아제약 주최 제6회 저작 문화상을 수상하였다. 1984년 정년퇴직을 하시고 1998년 12월 11일 79세의 일기로 세상을 떠나셨다. 그날도 저녁을 드시고 피곤하다며 방에 들어가 주무시겠다고 들어가셔서 조용히 주무시는 줄 알았는데 밤늦게 어머니가 들어가셔서 보니 숨을 안 쉬고 몸도 차고 하여 내게 전화를 하셨다. 구급차를 부르고 병원 응급실로 모셨지만 정말 부러울 정도로 곱게 편하게 소천하신 것이 하나님의 사랑임을 깨닫게 된다.

아버지의 헌신과 어머니의 사랑은 우리 가족의 뿌리가 되어 지금까지 이어져 왔다.

이 이야기가 우리 가족의 자랑스러운 역사로 남아 자녀들에게도 그 깊은 의미를 알게 되길 바란다.

귀에 울리는 소리 하나 떠나지 않고 끝까지 따라옵니다. "의사는 우수한 머리로만 되는 것이 아니라 따뜻한 마음으로 되어지는 것이다."

조국을 내 몸보다 더 사랑하신 분들과 함께함이 한없이 자랑스럽고 감사합니다.

애국지사기념사업회(캐나다)
약사 및 사업실적

▲ 2010년

– 3월 15일 한국일보 내 도산 홀에서 50여명의 발기위원들이 참석한 가운데 창립. 초
대회장에 김대억 목사를 선출하고 고문으로 이상철 목사, 유재신 목사, 이재락 박
사, 윤택순 박사, 구상회 박사 등 다섯 분을 위촉했다.

– 8월 15일 토론토한인회관에서 거행된 제 65회 광복절 기념식에서 김구 선생(신재
진 화백), 안창호 선생(김 제시카 화백), 안중근 의사(김길수 화백), 등 세분 애국지
사의 초상화를 동포사회에 헌정하다.

– 애국지사기념사업의 필요성과 중요성을 동포들에게 인식시킴과 동시에 애국지사들
에 관한 책자, 문헌, 사진과 기타자료를 수집하다.

▲ 2011년

– 2월 25일 기념사업회가 계획한 사업들을 추진할 자금을 확보하기 위한 모금만찬을
개최하고 $8,000,00을 모금하다.

– 8월 15일 토론토 한인회관에서 거행된 제 66회 광복절 기념식에서 윤봉길 의사(이
재숙 화백), 이봉창 의사(곽석근 화백), 유관순 열사(김기방 화백) 등 세분 애국지사
의 초상화를 동포사회에 헌정하다

– 11월 캐나다에 거주하는 모든 동포들을 대상으로 애국지사들에 관한 문예작품을 공
모하여 5편을 입상작으로 선정 시상하다. / 시부문 : 조국이여 기억하라(장봉진), 자
화상(황금태), 기둥 하나 세우다(정새회), 산문 : 선택과 변화(한기옥), 백범과 모세
그리고 한류문화(이준호), 목숨이 하나밖에 없는 것이 유일한 슬픔(백경자)

▲ 2012년

– 3월에 완성된 여섯 분의 애국지사 초상화와 그간 수집한 애국지사들에 관한 책자,

문헌, 사진, 참고자료 등을 모아 보관하고 전시할 애국지사기념실을 마련하기로 결의하고 준비에 들어가다.

- 애국지사들에 관한 지식이 없는 학생들이나 그 분들이 조국을 위해 목숨까지 바친 애국정신에 별다른 관심이 없는 동포들에게 애국지사들이 국가와 민족을 위해 무엇을 희생했는가를 알리기 위해 제반 노력을 경주한다.

- 12월 18일에 기념사업회 이사회를 조직하다.

- 12월에 캐나다에 거주하는 모든 동포들을 대상으로 애국지사들에 관한 문예작품을 공모 1편의 우수작과 6편의 입상작을 선정 시상하다.

우수작 : (산문)각족사와 국사는 다르지 않다.(홍순정) / 시 : 애국지사의 마음(이신실)/ 산문 : 역사를 잊은 민족에게 미래는 없다.(정낙인), 애국지사들은 자신의 목숨까지 모든 것을 다 바쳤다(활규호), 애국지사(김미셀), 애국지사(우정회), 애국지사(이상혁)

▲ 2013년
- 1월 25일 이사회를 개최하여 해당년도 사업계획과 예산안을 확정하다.
- 2013년, 해당년도 사업을 추진하는데 필요한 자금을 확보하기 위한 모금만찬을 개최하고 $6,000,00을 모금하다.
- 8월 15일 토론토 한인회관에서 거행된 제68회 광복절 기념식에서 이준 열사, 김좌진 장군, 이범석 장군 등 세 분 애국지사의 초상화를 동포사회에 헌정하다.
- 10월 애국지사들을 소재로 문예작품을 공모 우수작 1편과 입상작 6편을 선정 시상하다.
- 11월 23일 토론토 영락문화학교에서 애국지사기념사업의 중요성과 필요성에 관해 강연하다.
- 12월 7일 한인회관에서 거행된 '차세대 문화유산의 날' 행사에서 토론토지역 전 한글학교학생들을 대상으로 "우리민족을 빛낸 사람들"이란 제목으로 강연하다.

▲ 2014년
- 1월 10일 이사회를 개최하고 해당년도 사업계획과 예산안을 확정하다.
- 3월 14일 기념사업회 운영을 위한 모금을 확보하기 위한 모금만찬회를 개최하고 $5,500,00을 모금하다.
- 8월 15일 토론토 한인회관에서 거행된 제 69회 광복절행사에서 손병희 선생, 이청천 장군, 강우규 의사 등 세분 애국지사의 초상화를 동포사회에 헌정하다.
- 10월 애국지사 열여덟 분의 생애와 업적을 수록한 책자 〈애국지사들의 이야기·1〉

을 발간하다.

▲ 2015년
- 2월 7일 한국일보 도산홀에서 〈애국지사들의 이야기·1〉 출판기념회를 하다.
- 8월 4일 G. Lord Gross Park에서 임시 이사회 겸 친목회를 실시하다.
- 8월 6일 제 5회 문예작품 공모 응모작품을 심사하고 장원 1, 우수작 1, 가작 3편을 선정하다.
  장원 : 애국지사인 나의 할아버지의 삶(김석광)
  우수작 : 백범 김구와 나의소원(윤종호)
  가작 : 우리들의 영웅들(김종섭), 나대는 친일후손들에게(이은세),
  태극기단상(박성원)
- 8월 15일 한인회관에서 거행된 제 70주년 광복절기념식장에서 김창숙 선생(곽석근 화백), 조만식 선생, 스코필드 박사(신재진 화백) 등 세분 애국지사의 초상화를 동포 사회에 헌정하다. 이어서 문예작품공모 입상자 5명을 시상하다.

▲ 2016년
- 1월 28일 이사회를 개최하고 해당년도의 사업계획과 예산안을 확정하다.
- 8월 3일 사업회 야외이사회를 개최하고 이사 상호간의 친목을 다지다.
- 8월 15일 거행된 제 71주년 광복절 기념식에서 이시영 선생, 한용운 선생등 두 분 애국지사의 초상화를 동포사회에 헌정하다. 또한 사업회가 제작한 동영상 '우리의 위대한유산대한민국'을 절찬리에 상영하다. 이어 문예작품공모 입상자5명에게 시 상하다.
  최우수작 : 이은세 / 우수작 : 강진화 / 입상 : 신순호, 박성수, 이인표
- 8월 15일 사업회 운영에 대한 임원회를 개최하다.

▲ 2017년
- 1월 12일 정기 이사회를 개최하고 사업계획 및 예산안을 확정하다.
- 8월 12일 사업회 야외이사회를 개최하고 이사 상호간의 친목을 다지다.
- 9월 11일 한국일보사에서 제7회 문예작품 공모 입상자 시상식을 실시하다.
  장원 : 내 마음 속의 어른 님 벗님(장인영)
  우수작 : 외할머니의 6.10만세 운동(유로사)
  입상 : 김구선생과 아버지(이은주), 도산 안창호 선생의 삶과 이민사회(양중규 / 독 후감 : 애국지사들의 이야기 1(노기만)

- 3월 7일, 5월 3일 5월 31일, 7월 12일, 8월 6일, 9월 21일, 11월 8일 12월 3일2
일. 임원회를 개최하다.
- 2017년 8월 5일: 애국지사들을 소재로 한 문예작품 공모작품을 심사하다.
  일반부 | 최우수작: 김윤배 "생활속의 나라사랑"
  우수작 : 김혜준 "이제는 대한민국 만세를 부르자"
  입상 : 임강식 "게일과 코리안 아메리칸", 임혜숙 "대한의 영웅들",
  이몽옥 "외할아버지와 엄마 그리고 나의 유랑기",
  김정선 "73번 째 돌아오는 광복절을 맞으며", 임혜숙 "대한의 영웅들"
  학생부 | 최우수작: 하태은 하태연 남매 "안창호 선생"
  우수작 : 김한준 "삼일 만세 운동"
  입상 : 박선희 "대한독립 만세", 송민준 "유관순"
  특별상 : 필 한글학교
- 12월 27일 정기 이사회를 개최하다.

▲ 2018년
- 5월 30일 〈애국지사들의 이야기·2〉 발간하다.
- 8월 15일 73주년 광복절 기념행사를 토론토한인회관에서 개최하다. 동 행사에서
문예작품공모 입상자 시상식을 개최하다.
- 11일 G. Ross Gross Park에서 사업회 이사회 겸 야유회를 개최하다.
- 9월 29일 Port Erie에서 한국전 참전용사 위로행사를 갖다.

▲ 2019년
- 3월 1~2일 한인회관과 North York시청에서 토론토한인회와 공동으로 3.1절 및 대
한민국임시정부 수립 100주년 기념식을 개최하다.
- 1월 24일 정기이사회를 개최하다.
- 3월 1일 한인회관에서 토론토한인회등과 공동으로 3.1절 100주년 기념행사를 개
최하다.
- 6월 5일 〈애국지사들의 이야기·3〉호 필진 최종모임을 갖다.
- 6월 20일 〈애국지사들의 이야기·3〉호 발행하다.
- 8월 8일: 한인회관에서 〈애국지사들의 이야기·3〉호 출판기념회를 갖다.
- 8월 15일: 한인회관에서 73회 광복절 기념행사를 개최하다. 동 행사에서 동영상
"광복의 의미" 상연, 애국지사 초상화 설명회, 문예작품 입상자 시상식을 개최하다.
- 10월 25일 회보 1호를 발행하다. 이후 본 회보는 한인뉴스 부동산 캐나다에 전면

칼라로 매월 넷째 금요일에 발행해오고 있다.

▲ 2020년
- 1월 15일: 정기 이사회
- 4월 20일: 〈애국지사들의 이야기·4〉호 필진 모임
- 6월 15일: 〈애국지사들의 이야기·4〉 발간
- 8월 13일: 〈애국지사들의 이야기·4〉호 출판기념회 & 보훈문예작품공모전 일반부 수상자 시상
- 8월 15일: 74회 광복절 기념행사(한인회관)
- 9월 26일: 보훈문예작품공모전 학생부 수상자 시상
- 1월 ~ 12월까지 회보 발행 (매달 마지막 금요일자 한인뉴스에 게재)

▲ 2021년
- 2월 1일: 〈애국지사들의 이야기·5〉호 필진 확정
- 4월 30일: 〈애국지사들의 이야기·5〉호 발간
- 7월 8일: 이사모임 (COVID-19 정부제재 완화로 모임을 갖고 본 사업회 발전에 대해 논의.)
- 8월 12일: 〈애국지사들의 이야기·6〉호 출판기념회(서울관).
- 8월 14일: 보훈문예작품공모전 수상자 시상(74주년 광복절 기념행사장(한인회관) :
  일반부- 우수상 장성혜 / 준우수상 이남수, 최민정 등 3명
  학생부 - 우수상 신서용, 이현중, / 준우수상 왕명이, 홍한희, 손지후 등 5명
- 9월 28일: 2021년도 사업실적평가이사회.(서울관)
- 1 ~ 12월: 매월 회보를 발행하여 한인뉴스에 게재(2021년 12월 현재 27호 발행)

▲ 2022년
- 4월 25일 〈애국지사들의 이야기·6〉 발간
- 8월 11일 〈애국지사들의 이야기·6〉 출판기념회
- 8월 15일 광복절 기념행사 주관 및 문예작품 입상자 수상식
  일반부: 우수작 윤용재 / 준우수작: 임승빈
- 9월 14일 금년도 사업실적 평가를 위한 이사모임

▲ 2023년
- 2월 1일: 2023년 이사회 개최

- 3월 1일: 삼일절 기념행사
- 5월 30일: 〈애국지사들의 이야기·7〉 발간
- 8월 12일: 〈애국지사들의 이야기·7〉 출판기념회
- 8월 15일: 광복절 기념행사, 문예작품 공모전 입상자 시상식 (한인회관에서)
- 10월 30일: 〈애국지사들의 이야기·8〉 발간을 위한 편집위원회 구성
   편집위원: 김정만, 박정순, 백경자
- 11월 1일: 애국지사기념사업회 2023년 사업실적 평가와
   2024년 사업계획을 위한 이사회 개최

▲ 2024년
- 2월 8일 : 2024년 이사회 개최
- 3월 1일 : 삼일절 기념행사
- 5월 30일 : 〈애국지사들의 이야기·8〉 발간
- 8월 10일 : 〈애국지사들의 이야기·8〉 출판기념회
- 8월 15일: 79주년 광복절 기념행사 (한인회관에서)
- 11월 3일 : 김 대억 전 회장 별세
- 11월 15일 : 긴급 이사회 개최하고 새 집행부 구성
  새 집행부
  자문위원 :구 자선, 김 정희, 조 준상   고문: 박 우삼
  회장 : 김 정만   부회장 : 김 연백, 백 경자
  홍보 : 김 재기   재무 및 서기 : 이 종수
- 11월 12일: 김 대억 전 회장 장례식
- 12월 16일: 〈애국 지사들의 이야기·9〉 발간을 위한 편집 위원회 개최
  *편집위원 : 김 정만, 백 경자, 김 경숙, 박 정순
  *기타: 재무 및 서기 이 종수 이사가 11월 12일 사임으로 대신 김 경숙 이사가 재무
   이사로 선임 되었음.

● 매월 첫째 금요일에 한인뉴스 부동산 캐나다에 본 사업회 회보를 게재.(2025년 3
  월 현재 제 61호 발행)

애국지사기념사업회(캐나다)
동참 및 후원 안내

후원하시는 방법/HOW TO SUPPORT US

Payable to Canadian Association For Honouring Korean
Patriots로 수표를 쓰셔서
Canadian Association For Honouring Korean Patriots
1004-80 Antibes Drive Toronto. Ontario. M2R 3N5로
보내시면 됩니다.

사업회 동참하기 / HOW TO JOINS

애국지사기념사업회(캐나다)에 관심 있으신 분은 남녀노소 연령에
관계없이 누구나 회원으로 가입하실 수 있습니다.
회비는 1인 년 $20입니다.(가족이 모두 가입하실 수도 있습니다.)
회원가입을 원하시는 분은 (416) 529-4989나
E-mail : jmkimdk@gmail.com으로 연락주시기 바랍니다.

『애국지사들의 이야기·1~9호』
독후감 공모

『애국지사들의 이야기·1~9호』에는 우리나라의 독립을 위해 신명을 바치신 애국지사들의 이야기가 수록되어 있습니다. 이분들의 이야기를 읽고 난 독후감을 공모합니다.

● 대상 애국지사
　본회에서 발행한 애국지사들의 이야기·1~9호에 수록된 애국지사들 중에서 선택

● 주제
　1. 조국의 국권회복을 위해 희생, 또는 공헌하신 애국지사들의 숭고한 나라사랑을
　　 기리고자 하는 내용.
　2. 2세들에게 모국사랑정신을 일깨우고, 생활 속에 애국지사들의 공훈에 보답하는
　　 문화가 뿌리내려 모국발전의 원동력으로 견인하는 내용.

● 공모대상
　캐나다에 살고 있는 전 동포(초등부, 학생부, 일반부)

● 응모편수 및 분량
　편수에는 제한이 없으나 분량은 A$용지 2~3장 내외(약간 초과할 수 있음)

● 작품제출처 및 접수기간
　접수기간 : **2025년 4월 1일부터 2025년 12월 31일**
　제출처 : anadian Association For Honouring Korean Patriots
　　　　　 1004-80 Antibes Drive Toronto. Ontario. M2R 3N5
　E-mail : jmkimdk@gmail.com

● 시상내역 : 최우수상 / 우수상 / 장려상 = 상금 및 상장

● 당선자 발표 및 시상 : 언론방송을 통해 발표

▶ 애국지사들의 이야기 1호

	수록 애국지사	필자
1	민족의 스승 백범 김 구 선생	김대억
2	광복의 등댓불 도마 안중근 의사	
3	국민교육의 선구자 도산 안창호 선생	
4	민족의 영웅 매헌 윤봉길 의사	
5	독립운동의 불씨를 돋운 이봉창 의사	
6	의열투사 강우규 의사	백경자
7	독립운동가이며 저항시인 이상화	
8	교육에 평생을 바친 민족의 지도자 남강 이승훈	
9	고종황제의 마지막 밀사 이 준 열사	
10	민족의 전위자 승려 만해 한용운	
11	대한의 잔 다르크 유관순 열사	최기선
12	장군이 된 천하의 개구쟁이 이범석	
13	고려인의 왕이라 불린 김좌진 장군	최봉호
14	사그라진 민족혼에 불을 지핀 나석주 의사	
15	3.1독립선언의 대들보 손병희 선생	
16	파란만장한 대쪽인생을 살다간 신채호 선생	
17	한국광복군 총사령관의 대명사 이청천 장군	
18	머슴출신 의병대장 홍범도 장군	

김 구   안중근   안창호

윤봉길   이봉창   강우규

이상화   이승훈   이 준

한용운   유관순   이범석

김좌진   나석주   신채호

손병희   이청천   홍범도

김대억   백경자   최기선   최봉호

▶ 애국지사들의 이야기 2호

	수록 애국지사	필자
1	우리민족의 영원한 친구 스코필드 박사	김대억
2	죽기까지 민족을 사랑한 조만식 선생	
3	조소앙 선생에게 '남에선 건국훈장, 북에선 조국통일상' 추서	신옥연
4	한국독립의 은인 프레딕 맥켄지	이은세
5	대한독립과 결혼한 만석꾼의 딸 김마리아 열사	장인영
6	이승만 전 대통령이 성재어른이라 불렀던 이시영 선생	최봉호
7	극명하게 엇갈리는 이승만 전 대통령의 공과(功過)	

특집〈탐방〉: 6.25 가평전투 참전용사 윌리엄 클라이슬러

김대억   신옥연   이은세   장인영   최봉호

프레딕 맥켄지   김마리아   이시영   이승만   윌리엄 클라이슬러   스코필드   조만식   조소앙

▶ 애국지사들의 이야기 3호

	수록 애국지사	필자
1	Kim Koo: The Great Patriot of Korea	Dae Eock(David) Kim
2	조국의 독립과 통일을 위해 바친 삶 우사 김규식 박사	김대억
3	근대 개화기의 선구자 서재필 박사	김승관
4	임정의 수호자 석오 이동녕 선생	김정만
5	한국 최초의 여성의병장 윤희순 열사	백경자
6	댕기머리 소녀 이광춘 선생	
7	독립군의 어머니라고 불린 남자현 지사	손정숙
8	아나키스트의 애국과 사랑의 운명적인 인연 박열과 후미코	권천학
9	인동초의 삶 박자혜	
10	오세창 선생: 총칼대신 펜으로 펼친 독립운동	
11	일본을 공포에 떨게 한 김상옥 의사	윤여웅

특집 : 캐나다인 독립유공자 5인의 한국사랑 – 프랭크 윌리엄 스코필드, 프레드릭 맥켄지, 로버트 그리어슨, 스탠리 마틴, 아치발드 바커 / 최봉호

김대억　　김승관　　김정만　　백경자　　손정숙　　권천학　　윤여웅

김구　　김규식　　서재필　　이동녕　　윤희순　　이광춘　　남자현　　박열　　후미코

박자혜　　오세창　　김상옥　　프랭크 윌리엄　　프레드릭　　로버트　　스탠리 마틴　　아치발드
　　　　　　　　　　　　　　스코필드　　　맥켄지　　그리어슨　　　　　　　　바커

▶ 애국지사들의 이야기 4호

	수록 애국지사	필자
1	항일 문학가 심훈	김대억
2	민족시인 윤동주	
3	민족의 반석 주기철 목사	
4	비전의 사람, 한국의 친구 헐버트	김정만
5	송죽결사대로 시작한 독립운동가 황애덕 여사	백경자
6	민영환, 그는 애국지사인가 탐관오리인가	최봉호
7	중국조선족은 항일독립운동의 든든한 지원군	김제화
8	역사에서 가리워졌던 독립운동가, 박용만	박정순
9	최고령 의병장 최익현(崔益鉉) 선생	홍성자

특집·1 : 민족시인 이윤옥 | 시로 읽는 여성 독립운동가 -서간도에 들꽃 피다
　　　　김일옥 작가 | 어린이를 위한 특별한 이야기 - 우리나라 최초의 여성의사, 박에스터

특집·2 : 후손들에게 들려 줄 이야기
강한자 : 애국지사들의 이야기 4호 발간을 축하드립니다.
김미자 : 어제와 오늘 그리고 내일을 생각하며
이재철 : 캐나다에서 한국인으로 사는 것
조경옥 : 애국지사기념사업회(캐나다)와 나의 인연
최진학 : 사랑하는 후손들에게 들려줄 이야기

김대억　　김정만　　백경자　　최봉호　　김제화　　박정순　　홍성자

이윤옥　　김일옥　　강한자　　김미자　　이재철　　조경옥　　최진학

심훈　　윤동주　　주기철　　호머 헐버트　　황애덕　　민영환　　박용만　　최익현

▶ 애국지사들의 이야기 5호

김대억　　김정만　　백경자　　이기숙　　최봉호　　황환영　　이윤옥

김미자　　김민식　　김완수　　김영배　　이영준　　이재철　　조준상　　한학수　　홍성자

▶ 애국지사들의 이야기 6호

김대억   김원희   김종휘   박정순   손정숙   이윤옥   심종숙

김미자   김연백   김재기   김창곤   이남수   이재철   황환영

▶ 애국지사들의 이야기 7호

김대억　　　김정만　　　이윤옥　　　황환영

김운영　　신경용　　박정순　　석동기　　이남수　　신옥연　　조성용

▶ 애국지사들의 이야기 8호

김대억   김운영

명지원   조영권

이윤옥   황환영   문창준   김영선   구자선   윤용재   허준혁   조주연

남택성   신옥연   이남수   김정만   김재기   박우삼   박정순   백경자   손정숙

애국지사기념사업회 조직

자문위원	**구 자선, 김 정희, 조 준상**	
고　문	**박 우삼**	
집 행 부	회 장	**김 정만**
	부회장	**김 연백, 백 경자**
	홍 보	**김 재기**
	재 무	**김 경숙**
	이사진	**권 석만, 김 경숙, 김 연백, 김 의숙, 김 재기, 김 정만, 김 형선, 김 홍규, 문 인식, 박 우삼, 박 정순, 박 현숙, 백 경자, 변 희룡, 손 정숙, 유 동진, 이 남수, 이 동현, 이 성균**

조국과 민족을 위해 모든 것을 바친

애국지사들의 이야기·9

부제: 한국 독립을 위해 희생한 외국인들 (선교사 포함)

초 판 인 쇄　2025년 05월 25일
초 판 발 행　2025년 05월 30일

지 은 이　애국지사기념사업회(캐나다)
펴 낸 이　이혜숙
펴 낸 곳　신세림출판사
등 록 일　1991년 12월 24일 제2-1298호

04559 서울특별시 중구 퇴계로49길 14, 충무로엘크루메트로시티2차 1동 720호
전　　화　02-2264-1972
팩　　스　02-2264-1973
E - m a i l　shinselim72@hanmail.net

정가 18,000원

ISBN 978-89-5800-285-7, 03810